新　潮　文　庫

ミッキーマウスの憂鬱ふたたび

松岡圭祐著

新　潮　社　版

11514

ミッキーマウスの憂鬱ふたたび　目次

ミッキーマウスの憂鬱ふたたび

歓《よろこ》び

十九歳の永江《ながえ》環奈《かんな》が、東京ディズニーリゾート《ＴＤＲ》のキャスト採用面接を受けたのは去年。高校を卒業して間もない初夏の日だった。

あれから一年、環奈はディズニーシーのダンサーとして活躍しつづけた。メディテレーニアンハーバー、ザンビーニ・ブラザーズ・リストランテ前のステージが、おもな活躍の場だった。

自覚はなかったが、幼少期から習ったバレエとヒップホップのおかげで、動作が美しいと評判になった。派手でカラフルなコスチュームも人目を引いたようだ。ゲストがスマホカメラで撮影した環奈のパフォーマンス映像は、しょっちゅうＳＮＳにあがった。Ｋ‐ＰＯＰのガールズグループ、もしくは坂道シリーズ並みのルックスとスキル、そんな賞賛コメントばかりが並んだ。アンチはひとりもいなかった。

環奈は当初、からかわれているにすぎない、そう思っていた。ところが環奈の出演する観覧エリアのみ、日を追うごとにゲストの数が膨れあがっていった。ついにはミッキーやミニーの登場するメインステージよりも、多くの群衆を集めるまでになった。パフォーマンス中の環奈ひとりだけを追った動画が、ユーチューブに複数アップされ、評判が一気にひろまったらしい。ＴＤＲはダンサーの素性を明かさない方針のため、実名が取り沙汰《ざた》されることはなかったが、環奈めあての来場《インパーク》の増加はあきらかだった。ついにはテレビ局までが取材を申しこんできた。もっともＴＤＲを運営するオリエンタルワールドの広報は、キャスト個人への関心を目的とした取材は受けられません、そのように断ったという。

　正体が伏せられたためか、よけいにネット上が盛りあがっていった。環奈について、架空の氏名や経歴が、さももっともらしく吹聴《ふいちょう》されるようになった。芸能界デビューが近いとか、じつはもう大手事務所に所属しているとか、浦安の豪邸からでてくるのを見たとか、まことしやかな噂《うわさ》が喧伝《けんでん》された。

　ＴＤＲには有名芸能人が多く訪れる。芸能人がゲストになって無邪気に遊ぶ一方、ふだんは一般人にすぎないキャストが喜びを提供するという、俗世間との逆転現象が生じる。ある日、環奈はステージの最前列に、モデルのように容姿端麗な青年がいることに気づいた。テレビでよく見かける顔。ジャニーズのデビューしたてのグループの一員だとわかった。青年は毎回、同じ場所に陣取り、涼しいまなざしで環奈ひとりを見つめていた。

数週間後、環奈がステージに上る前、メディテレーニアンハーバーのほとりで待機中のことだった。ゲストコントロールの張ったロープぎりぎりまで、ジャニーズの青年が近づいてきた。周りのゲストらは騒然となった。彼はまるで長年の知り合いのように、愛想よく環奈に話しかけてくる。素晴らしいパフォーマンスだね、青年はそういった。環奈はにこやかに応対した。以来、青年と顔を合わせるたび、環奈は談笑するようになった。

むろん会話は一定以上深まらなかった。周りには常に大勢の人々がいる。けれども青年が環奈に思いを寄せているのは、顔を見れば一目瞭然《りょうぜん》だった。

バックステージに隣接するオリエンタルワールド本社に、環奈は呼びだされた。正社員が告げてきた。「もうわかってると思うが、ひとりのキャストとして、きみはあまりに有名になりすぎた。そろそろ卒業の頃合いだろう」

公式な発表はなくとも、環奈の引退はいつしか人の知るところとなり、ネット上で噂された。夕闇《ゆうやみ》迫るメディテレーニアンハーバーで、環奈は最後のステージに立った。ゲストは超満員だった。今回にかぎり、主要なキャラクターが環奈の見送りに駆けつける、そんなサプライズ演出があった。ミッキーとミニー、ドナルドダック、グーフィー、プルートが環奈を祝福してくれた。ダッフィーやシェリーメイもいる。環奈は目頭が熱くなるのを感じた。涙に波打つ視野の向こう、詰めかけた群衆に手を振る。愛される喜びとは、どれだけ尊いのだろう。頑張ってきてよかった。

そのとき、なにか柔らかいものが、環奈の顔に軽く当たった。

夢

ぼんやりと目が開いた。環奈がまのあたりにしたのは、デイジーの顔だった。

鈍い頭が急速に現実を認識していく。部屋はまだ暗かった。カーテンから陽光は射《さ》しこんでいない。それでも雀《すずめ》のさえずりがきこえる。時計を見ずとも、起床の時刻が近いとわかる。

パジャマ姿でベッドに横たわる環奈の周りに、小さなぬいぐるみのディズニーキャラクターたちが集う。机の上や本棚にひしめきあっている。ベッドのヘッドボードの上にも並んでいた。デイジーが転げ落ちたのはそこからだった。

環奈はため息とともに寝がえりをうった。もう時間はあまりない。わかっていても目を閉じた。ほんの短いあいだでも、浅い二度寝にふけりたくなる。

「やれやれ」環奈はひとり物憂《ものう》げにつぶやいた。言葉が喉《のど》に絡《から》んだ。「またかよ」テレビで目にする芸能人と知り合いになる、なぜそんな夢ばかり見るのだろう。よほど有名人にお近づきになりたいのか。ミッキーやミニーにしてもそうだ。ステージ上で対等な関係を築くことが、そんなに重要か。

　というより、ステージに上ることへの憧《あこが》れを、まだ捨てきれない自分に呆《あき》れる。バレエやヒップホップだなんて、とんだお笑いぐさだ。いつダンスを習った？　記憶を改変してまで、夢を現実と信じようとする、そんな自分に開いた口がふさがらない。夢にでてくる場所はいつも、職場のはずのランドでなく、いちども働いたことのないシー。滑稽《こっけい》だった。隣りの芝生は青く見えるのだろう。深層心理の分析が進むほど自己嫌悪《けんお》にとらわれる。

　じっと横になっているのが苦痛に感じられてきた。起きるしかなくなる。環奈はベッドから抜けだした。ぼさぼさ頭に乱れたパジャマ姿、冴《さ》えない自分が姿見に映っている。きょうもルーティーンをこなすだけの一日が始まる。

出勤

通勤用の服は、遊びにいくときと同じ、カジュアル一辺倒だった。代わり映えのしないチェックのブルゾンを羽織る。環奈は自室をでて、階段を下った。やたらスマートな三階建て。市川塩浜《いちかわしおはま》駅近くの住宅街で、サラリーマンの父が買える最善の物件だったらしい。

一階に下りる。ごく短い廊下が玄関につながっている。わきにガラス戸があって、ダイニングルームの明かりが漏れていた。通りすがりに一瞥《いちべつ》すると、四十八歳の母、雪江《ゆきえ》が調理台に向きあっている。テーブルにつく姉の未穂《みほ》は二十三歳、痩身《そうしん》をレディススーツに包み、長い黒髪もていねいにブラッシングしてあった。未穂はまだ朝食に手をつけず、スマホをいじっている。勤務先が丸の内でも、それだけの時間的余裕がある。

環奈はダイニングルームに立ち寄らなかった。邪険にあつかわれるのは目に見えている。音を立てないようにスニーカーを履き、玄関のドアを開けた。

住宅街は真っ暗で、人やクルマの往来もなかった。路面は濡《ぬ》れている。夜のうち降りつづいた雨は、幸いにもやんだようだ。
夏場のこの時間、空は明るみを帯びていた。秋の深まりとともに、陽射しが貴重になっていく。

自宅の玄関先の、猫の額ほどのスペースに、小ぶりなトヨタのヤリスがぎりぎり停めてある。運転できるのは母だけだった。環奈も姉も免許は持っていない。

駅まで歩いた。高架線ホームはがらんとしている。滑りこんでくる電車の車内が、蛍光灯で白く照らされていた。いつもどおり空席がめだつ。朝のラッシュが始まるのは、もう少し後になる。

環奈は京葉線《けいようせん》の東京行きに乗った。ちらほらと馴染《なじ》みの顔を見かけるが、互いに言葉は交わさない。名前すら知らない。ただ勤務先が同じで、出勤時間も共通している、それだけの関係だった。

シートに座り、ワイヤレスイヤホンでスマホの音楽をきく。ぼんやり電車に揺られていると、新浦安駅に着いた。ぞろぞろと乗りこんでくる男女もまた、顔のみを知っている。職場とちがい、誰もが仏頂面《ぶっちょうづら》だった。

それなりに混んできた電車がまた走りだす。十代とおぼしき若い男たちが、部活のようなノリで仕事場の話をしていた。音楽に耳を傾けていても、自然に意識がそちらに向く。まだなにもかも新鮮なのだろう。オープンキャストは大変だとか、ミドルキャストがよかったとか、さも嬉《うれ》しげに口にする。オープンやミドルと短縮形にならないあたりが、まだ初々《ういうい》しい。というより青い。

電車が舞浜《まいはま》駅に着いた。ドアが開くとともに、乗客の大半がいっせいに降車した。環奈はゆっくりと立ちあがった。急がずとも全員が降りきるまで、ドアは閉まらない。

ここもやはり高架駅で、改札をでるとペデストリアンデッキが延びている。明るいいろのタイル張りが、すでにテーマパーク調の雰囲気を醸《かも》しだす。右へ行けばディズニーランド、左へ行けばイクスピアリ。職場仲間らはどちらにも向かわず、途中で階段を下りていった。環奈もその流れに加わる。

空はかなり明るくなっていた。道路沿いの歩道を、非スーツ姿の群衆が、出勤のため同じ方向をめざす。まっすぐに行けば運動公園。それより手前の右手に、校門のようなキャスト専用ゲートがある。オリエンタルワールド本社入口でもあった。集団が黙々とゲートを入っていく。まさしく登校の風景そのものだった。ただし規模がちがう。二万人のキャストのうち一日に出勤するのは、ランドとシーを併せて九千人。どんな学校であろうと、九千人もの生徒を抱えていたりはしない。

軽く肩を叩《たた》かれた。同じ十九歳、ショートボブのヘアスタイルに丸顔の萩田《はぎた》眞《ま》結香《ゆか》が、まだ眠たげな顔であいさつした。「おはよ」

「あー、眞結香」環奈は友人に歩調を合わせた。「おはよう」

眞結香は地面に目を落とした。「まだ乾いてないね。アスファルトもコンクリも」

「早く乾いてほしい」環奈は心からいった。

「ほんとに」眞結香もうなずいた。


　警備小屋のわきを抜けると、木立《こだち》に囲まれた特殊な一帯がひろがっている。ごくありきたりの社屋や倉庫が連なるが、夢の国が主体となるＴＤＲでは、むしろこちらが異質な空間といえる。もっとも、ここが未知の世界だったのは、環奈の親の世代までだ。いまではもうグーグルアースの航空写真で、それぞれの配置を確認できる。

　工場敷地内のような私道を進み、右手に見えるビルがオリエンタルワールド本社。その先にあるビルは技術本部。左手のビルは株式会社グリーンアンドアーツ、すなわちＴＤＲの造園や土木工事の専門会社。隣りにはキャスティングセンターとオリエンタルワールドの広報部が同居するビル。面接で訪れたころは新鮮だった。

　緩やかな上り坂の先、ライムグリーンの外装のワードローブビルに着く。その名のとおり、キャストがコスチュームに着替えるための場所で、なかにはロッカールームが連なる。ほかに従業員用食堂もある。キャスト向けチケット売り場を見るたび、ここが本当の舞台裏ではないと感じさせる。イベントの終わったグッズは二割引で売っている。賞味期限の迫った菓子類は半額になる。

ロッカールームに向かう通路に、ＴＤＬのダンサーの筆頭、桑島奈々未《くわしまななみ》の写真が貼《は》られていた。チューリップを模したドレスにフレアスカート姿で、笑顔とともにポーズをとる。アイドル並みの美貌《びぼう》を誇る、いまやテレビでも頻繁《ひんぱん》に紹介されるトップダンサー。祝スピリットアワード三年連続受賞、掲示物にそう併記してある。

環奈の心は一気に沈んだ。この貼り紙はあちこちで目にする。けさの夢はこれが原因か。

ロッカールームで着替える。青ジャケットに前ボタン。白の蝶《ちょう》ネクタイに白のスラックス。帽子は白のハンチング。スニーカーから自前の黒い紐靴《ひもぐつ》に履き替える。髪は後ろでまとめねばならない。

ミッキーの絵が入った名札プレートを胸につける。苗字《みょうじ》がローマ字で記載されている。ＮＡＧＡＥ。

スピリットアワードを受賞すれば、このプレートに金や銀のバッジがつく。もちろん環奈のプレートにそんなものはなかった。同じく青白《あおしろ》のコスチュームに着替えた眞結香も、まだ無冠だった。勤務し始めてから一年少々しか経《た》っていない。表彰台は果てしなく遠い。

外にでると、すでに陽が昇っていた。環奈は眞結香とともに、ビル前にあるバックステージ専用バス停に並んだ。いろとりどりの可愛《かわい》いコスチューム群のなか、青白のふたりがたたずむ。

やがてバスが来た。このバスはけっしてゲストの目に触れない。バックステージのみを周回し、キャストをそれぞれの仕事場に運んでくれる。ＴＤＬの外周をめぐるウエスタンリバー鉄道の、さらに外側に敷かれた秘密の道路を、バスは常時運行する。パーク内では笑顔のキャストたちも、みなむっつり黙りこくり、ただバスに揺られている。

目的地のバス停で降車後、通路を抜けパークに入った。ファンタジーランドのイッツ・ア・スモールワールド前だった。まだゲストの姿もなく、閑散とした空間がひろがる。青と白のいでたちのカストーディアルキャスト、すなわち掃除スタッフが集合する。朝七時半の朝礼だった。

真っ黒に日焼けした、いかつい顔の三十代半ば、吉島修一《よしじましゅういち》が声を張った。「えー。天気予報によれば、きょうは快晴。ただし風が強いとのことで、舞い散るゴミを逃がさないように。ポップコーンのレギュラーサイズ、箱のデザインが変わったので、中身をぶちまけてしまうゲストが増えてる。清掃はすみやかにおこない……」

吉島の胸には、スピリットアワードとは異なる、銅いろのバッジが鈍く光る。トレーナーなる役職を表わしていた。文字どおり後輩のキャストらを指導できる立場にある。やたらよく通る野太い声は、体育会系のリーダーそのものだった。

気が逸《そ》れがちになる。ニューファンタジーランド方面へと歩くアトラクションキャストらを、ぼうっと目で追った。好きないろのブラウスを自由に着られるという。ボトムスはピンクのエプロンとスカート。可愛くてきれいで、とにかくうらやましい。

「おい」吉島の低い声が呼びかけた。「永江」

「あ」環奈はあわてて姿勢を正した。「はい」

「キャストに徹しきれないなら、ゲストに戻ってパークに金を落とせ。いつもいってることだ。やる気のないやつは、カストーディアルキャストにいらん」

「すみません……」

「爪《つめ》はちゃんと切ってあるんだろうな」

「はい」環奈はさっと両手を差しだした。手の甲を上にし、指先を揃《そろ》えて吉島にしめす。トレーナーに求められたらすぐそうする。ほぼ条件反射の行動だった。

吉島は尖《とが》った目つきで環奈の指先を見つめた。次いで喉もとに視線を向けてくる。

蝶ネクタイが曲がっていないかたしかめたのだろう。最後に髪。難癖がつけられないとわかったらしい。吉島が憤然といった。「今後は気をつけろ。ほかの者もみな、それぞれに身だしなみをチェック」

カストーディアルキャストらがふたりひと組になり、爪の伸びぐあいやネクタイを相互に確認する。眞結香が心配そうなまなざしで環奈を眺めた。「だいじょうぶ？　また夜通し宝塚の動画でも観《み》てたとか？」

「いえ。最近は画像加工系のアプリもいじってないし」

「でも疲れてそう。なんで？」

なんでって……。

体育会系とスクールカースト、どちらも嫌になり、ディズニーランドに勤めだした。いつも笑顔のキャストに、陰険な人間関係などあろうはずがない、そう思っていた。

けれども本当にここにあったものは、もうはっきりしている。学校やほかのバイト先とは比較にならない、確固たる体育会系と、絶対的なカーストの構図だった。

過去

去年の春のことが脳裏をよぎる。環奈はＴＤＲキャスティングセンターのウェブサイトに、キャストになるための申し込みページを見つけた。

キャスティングセンターでは個室で面接を受けると、ぼんやり予想していた。だが実際には、大部屋の隅々にまでデスクが並び、それぞれに一対一の面接が進められた。そのため大部屋はとても賑《にぎ》やかだった。

いまになって思いかえすと、面接官はよそ行きの笑顔を保っていた。真っ先にきかれたのは配属先とシフトの希望だった。次いで、なぜキャストになりたいか、その理由をたずねられた。

環奈は口ごもってしまった。答えをいろいろ考えてきたものの、それらはうわべだけだと自覚していた。

小さいころ、親は年にいちどＴＤＲに連れていってくれた。混雑していても夢中になれるほど、楽しい時間を過ごした。帰りたくないと本気で願った。ディズニーランドホテルかミラコスタに泊まりたいと駄々をこねたが、ついに果たされなかった。

　中学二年になったとき、いきなり担任の教師が黒板に、進路の二文字を書いた。あの瞬間から急に環境が変わったように思う。それまで将来については、無邪気に夢を語っていれば、可愛いとか前向きだとか大人に褒められた。ところが突然、教師も親も冷やかになった。進路はどうするんだ、怖い顔でそう質問してきた。

　高校生になると、進路という言葉が用いられる頻度はさらに増した。あたえられた選択肢は、ざっくり分けて進学か就職。そこにはもうふわふわした夢を語る余地はなくなっていた。

　小学生のころから体育会系のノリと、スクールカーストが嫌いだった。なのにいつも運動部への勧誘を断りきれなかった。中学ではテニス部の万年ベンチ要員、応援専門部員と呼ばれた。北中ファイトファイトー！　という発声を、腹の底から搾《しぼ》りだせるまで特訓させられた。高校のボルダリング部では、それなりに自信があったものの、ずっと補欠要員のままだった。

　進路が取り沙汰されるようになって以降、体育会系のノリとスクールカーストが、部活以外のすべての学校生活にまで浸透していった。そう思えてならなかった。クラスメイトらは志望校でマウントをとりだした。就職希望の生徒たちの置かれた環境も、それと似たようなものだった。

上下関係、競争、軋轢《あつれき》、満員電車。なにもかも憂鬱《ゆううつ》でしかない。環奈はふと思いついた。そうだ、ディズニーランドで働けばいい。きっと母や姉も賛成してくれる。

ところが母の雪江の顔に、かつてＴＤＲに行ったときのような笑みはなかった。眉《み》間《けん》に深い縦皺《たてじわ》を刻み、雪江はため息まじりにいった。「あれはバイトでしょ」

大学をでて都心の企業に勤める姉、未穂もぶっきらぼうな態度をしめした。「まず正規雇用をめざしなよ。それももっとちゃんとした職種で」

環奈は愕然《がくぜん》とした。ディズニーランドであんなに楽しそうにしていた母や姉が、まるで別人のような渋い顔を向けてくる。大人たちは夢を忘れてしまったのか。

母の小言がつづいた。「だいたいディズニーランドって、裏でなにをしてるかわからないとこでしょ。秘密主義で、どんなふうに採用になるのかもわからない。いくらぐらい給料をもらえるかもはっきりしない」

それはむかしの話だと環奈は思った。アマゾンで注文したガイドブックを母に見せた。いまではもうキャストの種類も仕事内容も、詳細に紹介されている。

ところがガイドブックをぱらぱらと見るや、母はさらに嘆いた。「やっぱりこれバイトでしょ。二万人も働いてるの？　激務で薄給《はっきゅう》なのは目に見えてる」

環奈は食いさがった。「実際に働いてる人たちの声も載ってるよ。やりがいがあるって。パーキングロットキャストの人もさ……」

「誰？」

「パーキングロットキャスト。ほら、駐車場にいる青い服の」

「あー。クルマを停める場所に誘導する人？　なら初めからそういえば？」

「楽しかったですってゲストにお礼をいわれるのは、パーキングロットキャストの役得だって。だから気分よく働けるってさ。見てよ、この笑顔」

姉の未穂が横槍《よこやり》をいれてきた。「人材募集ってのはね、みんな笑顔で写真におさまるものなの。ほら、これ環奈のためにもらってきたフリーペーパー。どの居酒屋もガソリンスタンドも、全従業員がにっこり笑って集合写真」

フリーペーパーを目にした瞬間、環奈の気分は萎《な》えた。ジャニーズのトップアイドルの顔写真が表紙だった。巻頭インタビューも掲載されている。構成がよくない。芸能界の華々しい活躍ぶりを綴《つづ》った記事ののち、千葉一帯の居酒屋やガソリンスタンドでの集合写真がページを埋め尽くす。格差をまざまざと見せつけられる。これでは庶民の労働意欲は著しく減退する。

環奈はあきらめきれなかった。ディズニーランドのキャストの笑顔には、いつも明るく前向きな気持ちにさせられた。居酒屋やガソリンスタンドには先輩後輩の厳しさや、体育会系のノリがある。キャストにあんな人間関係が潜んでいるとは思えない。元キャストの書く感動系のエッセイ本も読んだ。気持ちはおおいに後押しされた。キャストになることがきまった日、環奈は母と姉にいった。「ディズニーランドに遊びにきてよ」

　環奈は純粋に、自分の働いている姿を見てもらいたい、そう願った。カストーディアルキャストも、オンステージの出演者のひとり。オリエンテーションと実地研修《OJT》を経て、そんな誇りを抱くようになったからだ。

けれども母と姉は、またもあきれたような反応をしめした。姉がぼそりとこぼした。

「環奈のいないときにいく」

「どうして？」環奈はショックとともにきいた。

「悪いでしょ。掃除してるとこ邪魔しちゃ」

ふいにトレーナーの吉島の声が呼びかけてきた。「おい永江！」

朝礼

環奈は我にかえった。朝のイッツ・ア・スモールワールド前。まだ朝礼は終わっていなかった。

「は」環奈はびくつきながら姿勢を正した。「はい」

吉島が環奈を睨《にら》みつけた。「話をきいてるのか」

「すみません……」

「もういちどいっておく。ゲストの言葉は絶対だ。肝に銘じておくように。全員、身だしなみに問題はないな？　では各自、道具を準備」

用意してあった道具類に、カストーディアルキャストがいっせいに駆け寄る。トイブルームという名のホウキ。ダストパンと呼ぶチリトリ。清掃スタッフの必需品だった。それらを左右の手に持ち、ふたたび整列する。

そういえばガイドブックに朝礼の写真も載っていた。キャストはみな笑顔だった。いまは環奈と眞結香を含め、誰ひとり白い歯など見せていない。ではあの写真は嘘《うそ》だったのか。いや、それはちがう。数秒後には写真のとおりになる。

吉島がいつもと同じ号令をかけた。「ディズニースマイル」

一同が揃って笑顔に転じた。環奈も顔の筋肉だけで笑った。それが本当の笑いにつながったりはしない。ただ真剣に笑顔を浮かべるのみだ。トレーナーが全員の顔に、ディズニースマイルを確認しなければ、きょうの仕事は始まらない。

「よし」吉島がうなずいた。「解散」

青白服がそこかしこに散っていく。環奈も歩きだした。笑顔を保ったまま移動し、清掃にとりかかる、本当はそんなきまりになっている。さすがにそこまでは実践できない。かといって露骨に真顔にも戻れない。中途半端《はんぱ》な表情のまま、プーさんのハニーハント前に向かう。

眞結香が並んで歩いた。「環奈、どうしちゃったの？　けさはマジで変」

ふいに歓声があがった。大勢のキャストたちがトゥーンタウン付近に群がっている。色彩豊かなアトラクションキャストのコスチュームがいっせいにはしゃぎだした。ネクタイを締めたセキュリティオフィサーや、ドレス姿でショップに勤務するマーチャンダイズキャストも交ざっている。いずれも清掃スタッフよりはずっと華やかな服装に見える。

キャストたちが集まった理由は、ミッキーマウスとミニーマウスの登場だった。撮影班がカメラで動きを追う。人のいない開演前に、広報用の映像を撮っているとわかる。手を振るミッキーとミニーに、キャストらはみな黄いろい声を浴びせ、しきりに手を振りかえす。

環奈がＴＤＬで働きだしてから、最も予想と異なったのが、こんな光景だった。キャストですらミッキーやミニーの正体を知らない。シーのタートルトークで、ウミガメのクラッシュの声が誰なのか、いまだわからない。バックステージでもディズニーキャラクターは、依然として別世界の住人だ。

　専用車で移動するキャラクターたちに、キャストたちが笑顔で手を振る光景が、バックステージにもある。キャラクターの担当部署で働くキャストがどこにいるのか、誰なのか、詳しいことはいっさい知らされない。少数精鋭、経験豊富で正社員にかぎりなく近い面々だときいたことがある。

　二万人の準社員キャストのうち九割以上は、いまも半分ゲストのままだ。本当の裏側は知らされない。ようするに本物の雇用ではない。ゲストと同じく客としてあしらわれ、インパークにもチケットを買わされ、限定グッズの購入の機会をありがたがる立場。ミッキーもミニーも、パーク全体も、ゲストだったころとほとんど同じに見える。裏側で働きたいと望んだのに、ただ清掃作業を分けあたえられたのみ。

　トレーナーの吉島が追いかけてきた。「永江、ちょっといいか」

　説教のつづきだろうか。環奈は暗い気分で振りかえった。「はい」

　吉島は険しい表情のままだったが、怒っているようすはなかった。「明日から久保《くぼ》篤《あつし》さんという人が加わる。六十三歳の新人だ」

　シニアのキャストはそんなにめずらしくない。一日に出勤するキャスト九千人のうち、五十五歳以上が五百人近くを占める。環奈は吉島にきいた。「そのかたがなにか……？」

「研修は終わっているが、初日だからいろいろわからないこともあるだろう。永江が付き添ってくれ」

「わたしが？」

「きみも初心を思いだせる」吉島はそれだけいうと、返事もまたず立ち去っていった。

　眞結香が苦笑を浮かべた。「おじいさんの世話を焼きたくなくて、環奈に押しつけてきた」

　環奈は首を横に振った。「六十三って、まだおじいさん呼ばわりしちゃ気の毒でしょ」

「そうなのかな。けっこう重労働だけど、耐えられると思う？」

「平気でしょ」環奈はボルダリング部のころより硬くなった右手を揉《も》んだ。「わたしみたいなへなちょこでも、そのうち慣れたんだし」

カースト

翌朝も小雨がぱらつき、開園前にはやむという、環奈にとって忌《い》むべき天気となった。濡れた路面がまばらに乾いている。腕を発揮できる機会を喜ぶ、そんなカストーディアルキャストもいるだろう。環奈はそこに該当しなかった。

薄日の射すプーさんのハニーハント前、開園の時刻を迎えた。じきにゲストが大挙して押し寄せる。青白服の環奈は雑巾《ぞうきん》を片手に、ベンチを拭《ふ》いてまわった。

近くでモップに似たフロアースクイージーを滑らせるのは、同じく青と白のコスチューム、白髪《しらが》頭で痩《や》せた体型の六十三歳だった。きょうからカストーディアルキャストに配属された久保篤は、年輪のような皺を顔に刻んではいるが、温厚な性格の持ち主のようだった。いまもトレーナーのいいつけを律儀《りちぎ》に守り、ゲストがいなくとも笑顔を絶やさない。

フロアースクイージーで水たまりをなくすのは、案外重労働になる。それでも久保はしんどそうな態度をしめさず、難なく作業をこなしている。

環奈はすなおに感心した。「おじょうずですね」

久保が年齢相応の落ち着いた声で応じた。「会社の定年までまだ間があったんですが、リストラされてしまいましてね。以後は野球場の清掃をしてきたんですよ。ZOZOマリンスタジアムで」

「あー。じゃ水はけの悪いところの対処も……」

「ええ」久保は笑いながらうなずいた。「慣れてます。でもいまどうにか適応できているのは、永江さんのご指導のおかげですよ」

「とんでもない！　指導はトレーナーの役割です。わたしは規則をいくつかお教えしただけじゃないですか」

「それがありがたかったのです。どこでも規則は無視できませんから」久保は身体《からだ》を起こした。「さて。あっちの乾いているあたりはどうしましょう」

「トイブルームとダストパンで」環奈は説明した。「ようするにホウキとチリトリで、落ち葉を片づけます」

「落ち葉、少ないですね」

「夜通し正規の清掃業者が働いてるし、常緑樹がほとんどなので」

「なるほど」久保がトイブルームで地面を掃きにかかった。

「あ、まってください」環奈は久保を制した。「儀式があるんです」

「儀式？」

「そう。こうやって背筋を伸ばして、右手にトイブルーム、左手にダストパン。まっすぐ前を向いて、笑顔で……」環奈は声を張った。「スイーピング、スタートします！」

「いいですね。では私も」久保が環奈に倣《なら》った。「スイーピング、スタートします！」

環奈は呆気《あっけ》にとられた。「びっくり……」

「なにがですか」

「初日から堂々とおやりになるなんて、めずらしい」

「ああ」久保が苦笑した。「考えてみればそうですね。なぜでしょう。ディズニーランドで働けるので、少々浮かれているのかも」

意外な返答だった。ＴＤＲのシニア枠の定年は六十五歳だ。六十三歳の久保には、無邪気な気分に浸れる余裕があるのだろうか。

環奈はいった。「そういう気持ちでありつづけるのがいいんでしょうけど……」

「永江さんはそうじゃなくなったとおっしゃるんですか」

「このところ焦《あせ》ってばかりです。正社員になんて、とてもなれそうにないし」

「おや」久保が驚いた顔になった。「準社員から正社員になれるのですか？」

「はい。ごくひと握りですけど、そういう人たちもいて」

「それはうらやましい。まず無理とは思いますが、今後二年間、新たな希望が見つかりました」

　実質的には不可能だろう。しかし久保はずいぶんポジティブだった。がっかりさせたくない、そんなふうに思いながら環奈はささやいた。「カストーディアルキャストは、業績を評価されにくいですよ」

「でも正社員さんがキャストを見て、善《よ》し悪《あ》しを査定したりするんでしょう？」

「そうなんですけど……。たまたま通りがかった正社員が、自分のいいところを見てくれる確率なんて、とんでもなく低いじゃないですか。評価はかなりの割合で運に左右されます。そこが不満で」

「清掃作業は、いいところを見せられる機会の多い仕事だと思いますが」

「ここじゃそうでもないんです。周りを見てくださいよ。アトラクのキャストがカーストの頂点です」

「カースト……」

「配属先のアトラクションごとに、異なるコスチュームを着てる。どれも派手できれいだし、顔のいい人が選ばれてて……」

環奈は思わず言葉を切った。すでにゲストたちがファンタジーランドのエリアに入ってきている。フォレストシアター前に立つグリーンのジャケットは、ふだんから存在が気になって仕方のない、二十歳《はたち》前後のイケメンだった。

髪はディズニールックで清潔に整えている。日本人だがすらりとした体型で、腕や脚も長く見える。パレードに登場する西洋人の王子様役より小顔、精悍《せいかん》な面立ちに涼しい目。端整《たんせい》を絵に描いたような美青年のたたずまい。

キャストは笑顔でみな手を振りながら、ゲストたちを迎えている。大半のゲストが『美女と野獣』方面に向かうなか、青年のもとには若い女の子たちが群がる。人気キャストはアトラクションそっちのけで、朝一からファンに囲まれる。一緒に写真を撮るようせがまれたりもする。青年は快く応じていた。

環奈はため息をつき、自分の仕事に戻った。場内に流れる『メリー・ポピンズ』の劇中曲『お砂糖ひとさじで』のメロディが、どこかもの悲しく耳に届く。やけになって口ずさみたくもなるが、キャストは鼻歌禁止だった。

久保が穏やかにきいた。「カーストというのは、永江さんがそう思われてるにすぎないのでは?」

「いえ。もっと明確なものなんです。人気のほかにも、胸についてるバッジがものをいいます」

「トレーナーピンですか」

「それ以外にスピリットアワードピンとか、勤続年数を表わすサービスアワードピンとか……。なにかひとつでも勲章がついてれば格上。ピンがなくても特殊技能のキャストにはかなわない。ショーキャストもカストーディアルキャストより上。パーキングロットキャストでようやくライバル……」

「そんな優劣など気のせいでしょう。私は清掃こそ誇り高い仕事だと思いますよ」

なんともできた人だと環奈は思った。新顔であっても、久保は人生のおおいなる先輩だった。初日早々励まされるとは情けない。

ふと気づいたとき、十歳前後の男の子が近くで見上げていた。環奈は笑顔になり、身をかがめた。子供のゲストとは同じ目線が基本になる。

なんの用だろうか。誕生日ならシールをプレゼントし、おめでとうございますと拍手する。カメラのシャッターを押してと頼まれれば、即座に応じる。ほかにもガイドマップを求められた場合、腰のファンバッグからとりだし、ゲストに渡さねばならない。

男の子が要請してきた。「ミッキー描いて」

表情がこわばるのを自覚する。カストーディアルキャストの鬼門。これがあるから、雨あがりのパークは恐怖の対象になる。

環奈はそれでも笑顔で立ちあがり、濡れたトイブルームの先で、乾いた地面に絵を描き始めた。研修で教わったミッキーの顔。しかし……。

「へたくそ」男の子が吐き捨てた。「こんなのミッキーじゃない」

それだけいうと男の子は身を翻《ひるがえ》し、ただちに走り去った。母親らしき女性を含む家族と合流する。家族はみな笑顔だった。誰も男の子の暴言を耳にしていない。

気持ちが果てしなく落ちこむ。環奈は地面を見下ろした。いびつなミッキーマウスの顔は可愛げがなく、どこかキモい。へたなのは自分でもよくわかっている。だから描きたくなかった。

いちど描いたミッキーは、乾いて自然に消えるのをまつしかない。カストーディアルキャストが自分の手で消すのは御法度《ごはっと》だった。しかし環奈は、まだしばらく清掃をつづけねばならない。いびつなミッキーは絶えず視界に入る。拷問《ごうもん》だと環奈は思った。ところがそのとき、久保がフロアースクイージーでミッキーの絵をこすりだした。

環奈の描いた絵はたちまち掻《か》き消された。

唖然《あぜん》としながら環奈は久保を見つめた。「あ、あの、カストーディアルキャストの規則では……」

「消してはいけないのはミッキーでしょう。ゲストがミッキーでないといいました。ゲストの言葉は絶対です」

久保の顔に笑いが浮かんだ。邪心など感じられない、ごく自然な笑顔だった。多少ルールをはみだすぐらい、どうってことない。思いやりに満ちたまなざしがそううったえてくる。

環奈もつられて笑った。ミッキーの絵を消すことが、環奈にとって救いになると、久保は見抜いていたようだ。ふと心が楽になった気がする。「ありがとう。久保さん」

「永江さん。ストレスが溜《た》まっておいででは？　ささいなことが気になるのは、神経が張り詰めている証拠ですよ」

そうかもしれない。自分をどうにかしたい気持ちが先走り、ただ力んでばかりいる。ぴりぴりしたところで始まらない。手もとの仕事から片づけていかざるをえない。

これが終わったらレストルームの清掃か。開園からさほど間を置かないうちに、トイレの一回目の掃除が義務づけられている。初っぱなからレストルームに駆けこむゲストもわりといるからだ。そんなに汚れるわけではないが、忘れ物が見つかることが多い。カストーディアルキャストによる遺失物の回収率はきわめて高い。なにかを拾ったらメインストリート・ハウスに届けねばならない。

　環奈はベンチの拭き掃除をつづけた。「久保さんはもともとディズニーが好きだったんですか」

「ええ」久保が作業の手を休ませず応じた。「歳《とし》を重ねてからも、妻と一緒に遊びにきていました」

「奥様はお仕事をなさってるんですか」

「もう他界しました」

　ふいに困惑をおぼえる。環奈はおずおずといった。「ごめんなさい……」

「いえ、いいんですよ」久保はまた笑った。「家内を亡《な》くし、リストラになっても、まだ家のローンが少し残ってましてね。だからこうして働いてるんです。やりがいのある仕事が見つかってよかったです」

　複雑な思いが環奈の胸をかすめた。やりがいのある仕事か。久保は努めてそう信じようとしているのかもしれない。自分にとってはどうなのだろうと環奈は思った。

　現状のどこにやりがいをみいだせる？　辞めようにもほかに働けそうな場所はない。だからやる気がなくてもだらだらとつづける。そんな毎日を送るのみだった。

　青白服がひとり駆け寄ってくる。カストーディアルキャストの同僚、二十歳の串澤《くしざわ》滉平《こうへい》だった。中肉中背、日焼けした丸顔にぎょろ目が特徴的。年齢はひとつ上だが、採用は環奈と同期になる。

串澤が緊張のいろとともにささやいた。「永江。見ろよ、あそこを歩くじいさんたち」

環奈は振りかえった。ホーンテッドマンションの近くを、高齢の男性ふたりが歩いている。地味な私服姿に白髪頭、いずれも久保より年上に見える。小柄だが引き締まった身体つきをしていた。

開園直後だというのに、ふたりともアトラクションの待機列《Qライン》にも加わらず、なぜか木々を見上げてばかりいる。枝には雀《すずめ》がとまっていた。高齢者ふたりは鋭い目つきで、じっくりと雀を観察したのち、また歩きだした。

向かう先はホーンテッドマンションわきの、誰もいない空間だった。そこはディスパッチ1、すなわちパレードの出発地点となる大扉の前。ホーンテッドマンションのアトラクションキャストの女性が立っていた。高齢者ふたりを見かけると、女性キャストは通用口のドアを開けた。ふたりはそのなかに姿を消した。

久保がつぶやいた。「関係者ですかな」

なんだ。環奈はあきれた気分でいった。「私服で巡回する刑事さんじゃなくて？

万引き防止のために常時出入りしてるんでしょ。前に朝礼でもきいたじゃん」

　だが串澤は硬い表情のまま、激しく首を横に振った。「あのふたりはちがう。しょっちゅう見かけるんだ。俺には調べがついてる。バックステージに不穏な動きがある」

火山

　トゥーンタウンの裏側にある、キャスト専用食堂のファンシーで、環奈《かんな》はカストーディアルキャストの三人とともにテーブルを囲んでいた。友人の眞結香とシニアキャストの久保は、いずれも昼食の手を休めたまま、串澤の熱弁に耳を傾けている。

　串澤はタブレット端末の画面をタップした。「永江。さっきのふたりのじいさんたち、顔をおぼえてるか？　俺は脳裏に刻みこんでる。偶然見つけたんだけど、この画像の人たちにまちがいない」

　タブレット端末がテーブルに置かれた。全員が画面を見下ろした。

　見出しには浦安市猟友会《りょうゆうかい》とある。高齢の男性らの集合写真が掲載されていた。みなオレンジいろの帽子とベストを身につけ、猟銃を携えている。

「ほら」串澤が指さした。「ここと、ここだ」

画面が拡大された。たしかに白髪頭の男性たちのうちふたりは、さっきホーンテッドマンションわきで見た顔のようだ。ひとりなら似ているだけとも思えるが、ふたり揃っていればまずまちがいない。

眞結香が妙な顔をした。「このおじいさんたちをパーク内で見かけたって？　だからなに？」

串澤はぎょろ目を剝《む》いた。「なにだって？　萩田は呑気《のんき》だな。いいか。俺は以前から疑問だった。ディズニーランドじゃカラスをほとんど見かけない。なぜかわかるか」

「カラスならいるでしょ。きのうも森のスピーカーの上にとまってた」

「でもごく少数だろ？　ランドとシーに食べ物があふれかえっていて、そこいらじゅうで子供がポップコーンをぶちまけてる。ここは千葉と東京の堺《さかい》だぜ？　おかしいと思わないか」

高齢の久保が平然とこぼした。「みなさんがパーク内を綺麗《きれい》に掃除してるからじゃないんですか？　シンデレラ城の周りにカルガモを飼ってるぐらいですし」

串澤が怪訝《けげん》な表情になり、久保の名札プレートを見た。「失礼だけど、ええと、久保さん。まだ働き始めて間もないんでしたっけ？」

「きょうからです。よろしくお願いします」

「こちらこそ……。あのう、カルガモはね、飼われてるんじゃないんですよ」

「ほう。そうなのですか」

環奈は久保にいった。「パーク内の鳥はすべて野生なんです。そのまま居ついてるにすぎなくて」

「そこだ」串澤が身を乗りだした。「野鳥を見過ごしてるなら、なぜカラスがいない？　どんどん増えていってもおかしくないぐらいだ」

環奈はうんざりした。「串澤さん。いいたいことはだいたいわかったけど、ＴＤＲが猟師を雇ってるってのは都市伝説でしょ。県の指定する狩猟可能な場所じゃないって、オリエンタルワールドも公式に否定してんじゃん」

「だから問題なんだ。この猟師ふたりはな、きまって開園直後にパーク内をうろつく。そしてすぐバックステージに消えていく」

「バックステージのどこへ？」

「それがはっきりわからない。部外者の準社員が入れない区画だ。俺たちキャストも、バックステージの通用口すべてに出入りできるわけじゃないだろ？　警備が立ちふさがってて、あきらかに部署のちがうコスチュームには、用件をたずねてくる。尾行するにも限度がある」

　キャストの行動範囲が制限されているのはたしかだ。半分ゲストの扱いを受ける準社員キャストが、隅々まで自由に闊歩《かっぽ》できるはずもない。所定の配置できめられた仕事をこなす。それが環奈たちにあたえられた義務だった。

　眞結香が頬杖《ほおづえ》をつきながらつぶやいた。「でもさ、だいたいどのへんに行ったかぐらいわかるでしょ。隠れて猟銃をぶっ放せるような場所がバックステージにある？　危ないじゃん」

　串澤は顎《あご》をしゃくった。「バックステージをそっちに歩いていって、角を右に折れると、マジックランプシアターの裏だろ。猟友会のふたりは、そのわきからシーに入っていった。このあいだ遠目に見かけた」

「暇人」眞結香は軽蔑《けいべつ》のまなざしを串澤に向けた。「ちゃんと掃除してる？」

「茶化《ちゃか》すな。いいか。この猟友会のじいさんたちが、シーのなかに消えて、数分経ったころだ。俺はある音を耳にした。ドン！　ドン！　ダーン！って」

　環奈はいった。「それ、シーのプロメテウス火山の噴火でしょ。あのへんまで行けばよくきこえる」

「まさしくそうだよ！　なあ永江。シーの火山はランダムで噴火するっていわれてる。火口から炎が噴きあがるのに合わせて、スピーカーから派手な爆発音が轟《とどろ》く。でもあれは……」

久保が難しい顔になった。「猟師の銃声をカムフラージュしてるというんですか」

「ええ」串澤が大きくうなずいた。「まさしくそうです。噴火はランダムに見せかけていますが、じつは猟銃の発砲にタイミングを合わせてるんですよ」

眞結香がやれやれといいたげな態度をしめした。「男の人って陰謀論が大好き」

串澤はいっそう目を剝いた。「こりゃほっとけない話だ。オリエンタルワールドは俺たちに嘘をついてる。隠蔽《いんぺい》工作だよ。発覚すれば一大不祥事になる」

「ヒラのカストーディアルキャストにすぎないのに、会社の心配？」

「不祥事が報じられて権威が失墜したら、客足が鈍るだろ。俺たちの時給にも影響がでる。悪くすれば営業停止処分を食らって、バイトの大半が解雇だ」

「おおげさすぎない？　オリエンタルワールド本社がそんなことする？」

「裏側でなにをやってるか、わかったもんじゃないだろ。悪い噂《うわさ》ならほかにもいろいろ……」

ワイシャツにネクタイ姿のセキュリティオフィサーが、トレーを運びながら通りがかった。警備担当キャストの屈強そうな二十六歳、岩野《いわの》航輝《こうき》がじろりと睨みつけた。

「おう串澤。いま悪い噂とかいったな。なんの話だ？」

「い、いえ」串澤はしどろもどろになった。「きのう観たユーチューブについてでして」

「そっか。バックステージの私語であっても、職場の雰囲気を壊すような発言は慎めよ」

「もちろん、心得ています。はい」

岩野はもういちど串澤を見つめると、ぶらりと立ち去った。

串澤が額の汗をぬぐうようなしぐさをした。「危ねえ。準社員でも警備関係は本社とズブズブだからな」

眞結香はストローでアイスティーをかきまぜた。「あきれた。勝手に秘密を知った気になってスパイごっこ」

「からかうのか」串澤はむっとした。「同僚だから教えてやったんだぞ。まるで信じられないみたいだが、なら逆にききたい。なんで本社を信用できると思ってる？」

環奈は周りを眺めた。色彩豊かなキャストのコスチュームが、店内のテーブル席を埋め尽くす。誰もが談笑している。そのさまはオンステージのレストランにひしめきあうゲストと、なんら変わるところがない。

キャストは半分ゲスト。ミッキーもミニーも別世界からくる。会社にとって本当の仲間とは見なされていない。そこまで心を許される立場でもない。隠し立てされていることなどない、どうしてそういいきれるのだろう。本社は霞《かすみ》のかかった天空の彼方《かなた》だ。覚めない夢のなか、労働の一部を分け与えられているにすぎないのに。

家

環奈はカストーディアルキャストのみを仕事としている。朝から働くオープンキャストの日もあれば、昼に出勤し閉園までつきあうクローズドキャストのシフトもあった。

オープンキャストの日は、夕方には仕事が終わる。環奈は外で夕食をとることが多かったが、きょうは疲れが溜まっていたせいか、まっすぐ帰りたくなった。

家の玄関を入ったとき、ガラス戸の向こうから話し声がした。リビングに伯母《おば》が来ている。環奈の母の姉だ。あまりよい印象はない。自分の娘が玉《たま》の輿《こし》に乗ったという自慢をするために、たびたび家に来る。

いまは環奈の姉、未穂が丸の内の企業勤めであることを話題にし、やたら持ちあげている。やがて伯母は未穂の将来について触れ、まだ結婚していない点を指摘し、遠まわしに娘自慢を始めるつもりだろう。

伯母の声がきいた。「そういえば環奈ちゃんのほうはどう？」

母の雪江がぼそぼそと応じた。「前にもいったでしょ。ディズニーランドで働いてる」

「いいじゃないの。ここから浦安は近いんだし。家族ぶんのチケットをもらえたりするの？」

「ときどき。もらってきてるのか、買ってきたのか知らないけど」

「うらやましい」

「どこが？」母は物憂《ものう》げにささやいた。「ディズニーランドで働いてるとこを見にきてっていうのよ。いつでも遊びにきてとか、まるで自分のお店かなにかみたいに」

伯母が笑い声をあげた。「招かれてるんなら行ってあげれば？　娘の晴れ舞台でしょ」

「晴れ舞台って。わかってていってるんでしょ？　清掃スタッフでしかないのに」

また伯母が笑った。母も仕方なさそうに笑っている。

環奈は無言で立ち尽くした。空虚な気分が胸を満たす。本当は強い情動があったように思う。しかしそれがどんな感情なのか、いまははっきりさせたくなかった。自分の心から目を背《そむ》けた。それゆえの虚無がひろがる。

ふいに背後で玄関のドアが開いた。環奈はびくっとして振りかえった。

会社帰りの姉、未穂が薄手のコート姿で立っていた。未穂は茫然《ぼうぜん》と環奈を見つめた。

「なにしてんの？」

リビングの会話が途絶えた。母と伯母が気づいたのは未穂の帰宅ばかりではない。環奈がいたことも悟っただろう。

環奈は未穂を押しのけ、玄関のドアを開け放ち外にでた。日没後の暗い住宅街を駆けだした。

バイト。清掃スタッフ。まさしくそうだ。母にしてみれば、娘のそんな姿はみっともなく思えるにちがいない。実際に職場をまのあたりにすれば、それが偏見だとわかる。そんな悔しさもこみあげる。けれども自信はない。清掃スタッフなのは事実だ。キャストはみなオンステージで働く出演者。職場がそう強調しようと、身内はそのようにとらえてはくれない。

息を弾ませながら歩を緩めた。気づけば市川塩浜駅の前まで来ていた。ほかに行く場所もないからだった。高架下にはコンビニぐらいしかない。

舞浜駅に戻って、いつもどおりイクスピアリの飲食店の割引券を使うか。それがいい。こんな早い時間に帰宅したほうが悪い。事実を知らしめられただけだ。どうせ夜《よ》更《ふ》けまでには家に帰る。朝が来ればまた出勤する。その繰りかえしだった。しょせんバイトだ。収入を得られる。それ以上なにも考えたくない。

サンクスデー

今年のサンクスデーは秋だった。例年なら一月におこなわれる行事だが、ランドとシーに大規模なリニューアル工事が予定されるため、時期が移動した。

サンクスデー。閉園後の夜、キャストのみがゲストとして招かれる日。歓待するのはオリエンタルワールドの役員や正社員。いわば年にいちどの文化祭だった。

環奈はシーのほうに行きたかったが、友人の眞結香《まゆか》にランド入りを押し切られてしまった。眞結香によれば、正社員が青白服になって掃除している姿を見下してやりたいという。環奈はそんな気になれなかった。サンクスデーはあくまで準社員感謝デーであって、下克上の日というわけではない。

その夜、ディズニーランドのゲート前に詰めかけた群衆は、みな私服だった。お洒《しゃ》落《れ》している姿もめだつ。全員がキャストだが、こうして見るとゲストとまるで変わらない。ただしゲートが開いても駆けこまないあたり、ふだんから教育を徹底されているだけのことはある。

　ゲートを入るとミッキーやミニーたちが出迎えてくれた。キャストのコスチュームを着て迎えるのは、年配の役員たちだった。欧米人も多い。ハイタッチに長い列ができているのは、オリエンタルワールドの社長がいるためだとわかった。社長は青と白のカストーディアルキャストのコスチューム姿だった。環奈は黙って通り過ぎた。なんとなく浮かれ騒ぐ気になれない。

　今晩のキャストはみな正社員たちが務めている。ショップのマーチャンダイズキャストも正社員だった。開園直後だというのに店内は賑《にぎ》わっている。もっともグッズが無料になるわけではない。ＴＤＲで働いて得た金をＴＤＲに落とす。無邪気に喜ぶ顔はゲストと変わらない。やはり準社員キャストは、一部の労働を分け与えられるだけのゲストだ、そんな思いが強くなる。

　ワールドバザールを歩いていると、シニアスタッフの集まりが目に入った。輪のなかに久保がいた。普段着だとずいぶん若く見える。

眞結香が歩み寄った。「こんばんは、久保さん」

「ああ」久保が笑顔で応じた。「こんばんは、萩田《はぎた》さん。永江さんも」

環奈はいった。「お友達が大勢……」

一同が笑った。久保がうなずいた。「そうなんです。部署はばらばらですけど、シニアキャストの会みたいなものでして」

久保は勤務中よりも明るく社交的だった。今夜はそうするべきなのだろう、環奈はぼんやりと悟った。後ろ向きな気持ちを引きずっていても始まらない。今夜はゲストでいられる。ならその事実を受けいれ、ただ楽しめばいい。

環奈と眞結香は久保らと別れ、アトラクションをめぐりだした。ジャングルクルーズの船長役を務める正社員は、慣れないセリフに滑り倒しだった。ギャグが不発に終わるたび、乗員たちの笑いを誘った。最後には船長が乗員に「代われ」といった。ボートは大爆笑に包まれた。

ビッグサンダーマウンテンや、美女と野獣〝魔法のものがたり〟に乗るうち、さすがディズニー・マジックにあふれたランド、環奈もかなり上機嫌になっていた。パーク内を一周したころには、眞結香とともにすっかりハイテンションだった。すべてのアトラクションが稼働《かどう》しているわけではないが、ショーはいたるところで観《み》られた。

キャストがゲストなだけに、みな盛り上げ上手でもある。あちこちで歓声が絶えずあがる。

　ウエスタンランドを歩いていると、若い男がなにやら警戒するような素振りで、ひとり物陰に身を隠していた。ふだんとちがうカジュアルな服装のせいで、知り合いだと気づくのが遅れた。しかし向こうはとっくにこちらに気づいているようだ。そのうえでスパイごっこのような行動を見せつけようとしてくる。

　眞結香も醒《さ》めた態度で環奈をうながしてきた。「まるでかまってちゃん。行こ」

　ふたりで通り過ぎようとしたとき、同僚の串澤があわてたようすで追いかけてきた。

「まったまった！」串澤が声を張りあげた。「無視するなんてひどいじゃないか」

ため息をついた眞結香が振りかえった。「串澤さん。彼女か友達か、誰か連れはいないの？」

「いまは単独行動だよ。それには理由がある」串澤が指さした。「ほら、あそこを見ろ」

　混雑する一帯のなか、白髪頭がふたつ紛れている。猟友会のふたりだった。いまも笑顔はなく、カラスの有無をたしかめるかのように、木々の枝を見てまわっていた。

　串澤が真顔でいった。「やっぱりあのふたり、只者《ただもの》じゃないんだ」

眞結香はうんざりする反応をしめした。「今夜はやめようよ。猟師だったらなに？　カラスを駆除してくれてるなら、それでいいじゃん」

「よくない！　猟銃の使用許可がない場所で、公《おおやけ》に嘘をついて害鳥駆除をおこなってる。これは陰謀だ。今夜こそ証拠が握れるかもしれない。暗いから銃火もめだつしな」

「勝手にどうぞ。わたしと環奈はゲストとして楽しむから」

環奈は眞結香に手を引かれ、その場をあとにした。串澤はつきあってほしそうな顔でたたずんでいたが、すぐに人混みのなかに見えなくなった。

「ったく」眞結香が歩きながらつぶやいた。「小人閑居《しょうじんかんきょ》して不善《ふぜん》を為《な》す」

「なに？」環奈はきいた。

「うちのお父さんに猟銃疑惑についてきいたら、そういってた。ことわざでね、暇《ひま》ばかりしてる人間はろくなことを考えないって意味」

「串澤さんのこと？　カストーディアルキャストは暇じゃないよ」

「でも毎日同じ雑務ばかり。退屈な日々への憂さ晴らしに、職場を悪者に仕立てたがる。冴《さ》えない仕事は、陰謀渦巻く会社のせい。自分ひとりがその事実に気づいてると信じて、勝手に鼻息を荒くする。じつはただの現実逃避」

「そうなのかな……」

「環奈までなによ。仕事は仕事。きょうは遊び。それでいいじゃん」

ふと環奈は気づいた。ここに来るまで社長以外、カストーディアルキャストのコスチュームを目にしていない。サンクスデーのパーク内にはいないようだ。ゲストが全員キャストだけに、誰もゴミを路上に捨てたりしない、そんな前提があるからか。社長も清掃作業はしない。正社員はみな青と白のコスチュームになりたがらない。カーストの底辺など誰も望まない。

環奈は嫌になり、その考えを頭から遠ざけた。いまは日常を忘れるときだ。心が切り替わらないのは、むろんここが職場のせいだろう。やはりシーに行けばよかった。本音ではＵＳＪにこそ行きたい。

アナウンスがきこえた。「間もなくシンデレラ城前広場特設ステージにて、サンクスデーセレモニーとスピリット・オブ・東京ディズニーリゾートが開催されます」

群衆がシンデレラ城方面に流れだした。眞結香がいざなった。「行こ、環奈」

依然もやもやした気分のまま、眞結香に手を引かれ、環奈は広場へと向かった。

ステージ前は身動きもできないほど混雑していた。壇上にミッキーとミニーがあがると、キャストばかりのゲストが、いっせいに黄いろい声で迎えた。次いで社長のスピーチ。一時的に静寂に包まれたものの、スピーチが終わるとまた賑やかになった。スピリット・オブ・東京ディズニーリゾートが始まった。

　これも例年は二月、舞浜アンフィシアターで二日間にわたり開催される。コロナ禍《か》以降は不定期になっていた。今年もまだその影響が残り、サンクスデーと合同で開かれるときいた。

　司会を務めるのは、キャストのあいだでは有名な、ＴＤＲアンバサダーの鈴本彩芽《すずもとあやめ》だった。年齢は二十八歳、モデルとみまがうような美貌《びぼう》と長身、抜群のプロポーションを誇る。レディススーツとドレスを合体させた優雅な衣装で、彩芽は壇上に立った。笑顔を輝かせ、キャストのメッセージを次々と紹介していく。

　ホテルを含むランドとシーのキャストらは、みな賞賛すべき同僚の名をカードに書かされる。壇上ではキャストからキャストへと、感謝のメッセージを送るイベントが進められた。涙ぐむキャストも多い。環奈も思わずもらい泣きしそうになった。ふだん職場について、いろいろ不満を募らせていても、この行事には感動させられてしまう。

　やがてスピリットアワードの表彰式に移った。スピリットピンを授与されるのは、仕事仲間のあいだでも人気が高く、顔と名の知られているキャストばかりだった。

壇上に呼ばれたひとりは、いつもフォレストシアターの前に立つ、グリーンのジャケットのイケメンだった。女子たちの歓声が凄《すご》かった。環奈が毎朝ファンタジーランドで存在を意識する、あの青年。氏名と年齢を初めて知った。藤崎亮汰《ふじさきりょうた》、二十一歳。まるで男性アイドルのように、にこやかに群衆に手を振る。黄いろい声はさらに大きくなった。

トップダンサーの二十五歳、桑島奈々未《くわしまななみ》は今回も表彰された。奈々未は男女問わず人気があった。颯爽《さっそう》と壇上を歩く姿はＫ-ＰＯＰアーティストさながらだった。眞結香がさも嬉《うれ》しそうにいった。「やっぱ奈々未さん綺麗！　このあいだバックステージで偶然会って、一緒に写真撮ってもらっちゃった」

環奈はまた心が沈みだすのを自覚した。考えても仕方がない、そう思っても目を背けられない。

キャストはスーパーバイザーから成績表を受けとる。出勤と欠勤の記録のほか、勤務態度も綴《つづ》られている。通知表に書かれた担任教師の所感のようなものだが、カストーディアルキャストの場合、さほど面白みのある評価になりえない。清掃があきらかに雑であればマイナス評価を受けるだろう。だが仕事は誰もがほぼそつなくこなす。したがって優劣もつきにくい。そもそも正社員からあまり興味を持たれていないと感じる。

　イベントの締めくくりに、司会の鈴本彩芽がマイクを片手に発言した。「えー。わたくしごとではございますが、二年にわたり務めさせていただきましたアンバサダーとしての仕事も、そろそろ任期満了となります」

　やめないでー！　という声があがる。群衆に笑いがひろがりながらも、同じような叫びがあちこちから発せられた。

　彩芽は目を細めた。泣きそうになるのを堪《こら》えるような笑顔で、彩芽はつづけた。

「ダンサーだったわたしに、アンバサダーという重責が務まるのかと、当初はとても不安でした。本社のみなさまのご指導を賜《たまわ》り、なんとか職務をまっとうできそうです。間もなくわたしは、次の代のアンバサダーに道を譲ります」

　にわかにざわめきがひろがる。環奈も思わず息を呑《の》んだ。

　アンバサダー。全キャストから一名のみ任命される、特殊な役職。ＴＤＲの親善大使という触れこみで、さまざまな広報活動に従事する。ミッキーやミニーとともにテレビ出演し、ＴＤＲの魅力を紹介する。皇族を表敬訪問することもあれば、地方の祭事に参加したりもする。病院や福祉施設への慰問もある。就任期間内は、名実ともにディズニーリゾートを代表する存在となる。いわばディズニーの顔だった。

このざわめきは、新たなアンバサダーの選出が近い、その事実への反応にちがいない。環奈の胸のうちにも、なにやら花開くものがあった。

眞結香が環奈を見つめてきた。「ちょっと。どうかしたの？」

環奈は下を向いた。友人に思いを悟られたくない。けれども自分の気持ちははっきりしている。陽の射《さ》す道を歩むとすれば、この機会しかない。

アンバサダー

イッツ・ア・スモールワールド前で、いつもどおりカストーディアルキャストの朝礼が終わった。それぞれ仕事にかかるべく、一同が散開しだしたとき、トレーナーの吉島が環奈に声をかけてきた。「永江。ちょっといいか」

「はい」環奈は足をとめた。

吉島は歩み寄ってくると、一枚の紙をとりだした。「これはなんだ？　正気か」

気まずさに言葉を失う。眞結香やシニアキャストの久保も、なにごとかと近くに立ちどまり、こちらを見ている。吉島の手にあるのは、環奈が提出したエントリーシートのコピーだった。

「おい永江」吉島が硬い顔でささやいた。「わかってんのか。カストーディアルキャストがアンバサダーを志望するなんて前代未《み》聞《もん》だぞ」

　ざわっとした驚きの反応が、青白服の群れにひろがる。同僚たちの視線が矢のように突き刺さる。環奈は体裁の悪さをおぼえながらいった。「はい……」

「ふつうアンバサダーに選ばれるのは、ダンサーやゲストリレーションキャスト、せいぜいアトラクかマーチャンのキャストぐらいだ。表舞台で華やかに活動してなきゃ、最初から評価対象にならない」

「でもカストーディアルキャストも表舞台で活動してます」

「そりゃそうだが、なにか人目を惹《ひ》く技能はあるのか？　ていねいに掃除ができてるってだけなら論外だ。やれて当然だからな」

「技能ですか。特には……」

「だろ？　ミッキーの絵ひとつ、うまく描けないのに」

　環奈は言葉を失った。視線が自然におちる。やはり無謀なのだろうか。

「永江」吉島が神妙にきいた。「掃除だけの毎日は嫌か？」

「いえ、あのう」環奈は小声で応じた。「この仕事を軽視してるつもりではなくて……。自分の問題なんです」

「可能性をたしかめたいって話か」

そう直球で問いただされると及び腰になる。環奈は弱気に弁明した。「そのう、そこまでおおげさな話ではないっていうか、ただあの、キャストなら誰でもエントリーできるっていうし……」

「誰でもというが、キャストの種類によって向き不向きがあるのはわかるな？　アンバサダーは人前に立つ仕事だぞ」

「承知してます……」

吉島はため息をつくと、紙を折りたたみ、ポケットにしまいこんだ。「午前十一時半からキャスティングセンター。エントリーしたキャスト全員に説明会が催される」

「あの……行っていいんですか？」

「しょうがないだろ。昼飯の時間を少し繰りあげて行けばいい。永江の持ち場はほかの者でフォローする」

「ありがとうございます」

「恥をかいてくるなよ。いろんなキャストのコスチュームのなかじゃ、俺たちの地味な服はめだつ」吉島はそれだけいうと、トイブルームとダストパンを手に立ち去った。

環奈は半ば放心状態でたたずんだ。アンバサダー候補への説明会。トレーナーに出席を許された。いよいよ気を引き締めざるをえなくなった。

眞結香が信じられないという顔できいた。「アンバサダーに立候補したの？　マジで？」

シニアキャストの久保は穏やかに微笑した。「永江さんならきっと似合いますよ。萩田さんもそう思いませんか」

「え？」眞結香は驚きの反応をしめしたが、ぎこちない笑みとともにいった。「そ、そうですね。いい結果がでれば嬉しいですけど。でもびっくりした。環奈がアンバサダーって……。ちょっと想像がつかなくて」

串澤がつかつかと距離を詰めてきた。「永江。アンバサダーになったら、文字どおり本社のロボットだ。陰謀の側にまわらないでくれよな。不正を告発することを恐れるな」

「ええ、あの、努力する……」環奈は気圧《けお》されながらつぶやいた。

こっそり応募しただけで、先のことはなにも考えていない。いまになってそう痛感する。しかしもう退《ひ》けなくなった。一介の清掃要員に希望の光は射すだろうか。

オズワルド

バックステージのワードローブビル隣り、キャスティングセンターを訪ねるのは、去年の採用面接以来だった。

環奈は大部屋に通された。どの会社にもありがちな多目的ルームに足を踏みいれる。殺風景な内壁にサッシ窓、会議用長テーブルにパイプ椅子《いす》。女性ばかり三十人ほど、みな緊張の面持ちで、室内のあちこちに散っていた。キャストのカラフルなコスチュームは、ここではいかにも場ちがいに見える。

ランドとシーのあらゆるアトラクのキャストが、ひとりかふたりずついる。ゲストリレーションやガイドツアー、マーチャンダイズやインフォメーションのキャストまで来ていた。ダンサーらはオフの日なのだろう、お洒落な私服姿だった。

たったひとり、青白服のカストーディアルキャストは、やはり人目を引くようだ。キャストらがいっせいに環奈を見た。環奈が恐縮しながら頭をさげると、みな無言で会釈《えしゃく》をかえした。それっきり全員の視線が逸《そ》れた。

長テーブルにはなぜか割《わ》り箸《ばし》が山積みになっている。ここで昼食をとるのだろうか。

椅子は一脚も空いていない。環奈は窓ぎわにたたずんだ。これでトイブルームとダストパンを持っていれば、部外者の清掃係と勘ちがいされそうだ。無意識のうちにパーキングロットキャストのコスチュームを探してしまう。カースト内で同じクラスと目される存在がいれば、なんとなく安心できる。しかし残念なことに、この室内には見つからなかった。

ドアが開いた。正社員に連れられてきたのは、原宿のショップに飾ってあるマネキンのような、小顔かつ痩身《そうしん》の女性だった。ショートボブの髪に、ボウタイブラウス、ロングのプリーツスカートで颯爽と入室する。私服のダンサーらが揃《そろ》って立ちあがり、挨拶《あいさつ》の言葉を口にした。

環奈は衝撃を受けた。桑島奈々未、名実ともにＴＤＬのトップダンサーが現れた。バックステージに貼《は》りだされた写真よりも、本物はさらに綺麗だった。スピリットアワードの表彰式で見たとき以上に光り輝いている。

キャスト一同が複雑な面持ちになった。無理もない。桑島奈々未は別格にちがいない。現役のアンバサダーもダンサー出身だった。いまこの場で次期アンバサダーが奈々未に決定してしまっても、誰も異論を口にできない。奈々未はそれほど圧倒的な存在感を放つ。

またドアが開き、スーツの集団がぞろぞろと入ってきた。正社員だった。ほとんどが男性だ。キャスト一同はみな立ちあがった。

ふいに部屋のなかが明度《めいど》を増した。奈々未に負けず劣らずの美形、大人の色気に威厳と風格まで備えた二十八歳、現役アンバサダーの鈴本彩芽が入室した。

彩芽の知り合いとおぼしきキャストらが、笑顔とともに駆け寄っていく。彩芽はそれぞれに、がんばってねと励ましの声をかけた。奈々未とはさも親しげに談笑しだした。カーストのトップクラスどうしの交流だった。

そのうち彩芽と面識のなさそうなキャストらも、積極的に挨拶し始めた。環奈はひとり尻込《しりご》みし、とても近づけずにいた。

すると三十代後半の男性社員がひとり、環奈に歩み寄ってきた。痩せてはいるがスポーツマンタイプ、両目が若干離れていて犬顔ぎみ。正社員は環奈をうながしてきた。

「きみも鈴本さんに挨拶したら？」

「え？」環奈は動揺した。「でも、あ、はい。そうですね」

正社員が環奈を彩芽のもとにいざなおうとした。ところが彩芽はすでに、役員らしき年配のスーツと話しこんでいた。とても割って入れる空気ではない。

ばつの悪そうな表情を浮かべ、正社員が環奈に向き直った。「きみはカストーディアルキャスト?」

「はい……。永江環奈といいます」

「そう。僕は後藤大輔《ごとうだいすけ》。むかしは僕も準社員だったんだよ」

「へえ。正社員になられたんですか」

「なんとかね」後藤は愛想よくいった。「ひところ別のイベント会社に転職したけど、むかし世話になった人の計らいで」

なら環奈が子供のころ、パーク内で会ったかもしれない。環奈はきいた。「キャストを始められたのはいつごろですか」

「ええと、いま三十七歳で、当時は二十一歳だから、十六年前かな」

環奈は三歳だった。親に連れて来られていたとしても、記憶しているはずがない。

後藤が察したように告げてきた。「会ったことはないと思うよ。完全に裏方だったし。当時のキャラクターイシューって役割で」

「あー。ならミッキーやミニーの着ぐるみも担当なさってたんですか」

「そういう主役クラスはなかなか……。ミッキーのお世話をしたことはあるよ。付き人みたいに」

「付き人ですか」環奈は思わず笑った。

「そう、付き人。あのころのミッキーは気難しいところがあったもんだから……。いや、もういいんだけどね」

「当時といまとはちがいますか？」

「まあね。僕が若かったころは、暑苦しい体育会系が幅を利《き》かせてた。最近はずいぶん変わったろ？」

　そんなに変わったのだろうか。あからさまに怒鳴り散らしたり、まして体罰を加えたりするような体育会系は、たしかに目につかない。学校でもそうだった。しかしそのぶん、空気を読むことを強要されるように思える。むかしがどうだったのか、はっきりしたことはわからないが、いまは空気重視の世のなかだと感じる。声をあげられる前に、上下関係をしっかり意識し、相応の態度をとる。それができないと爪《つま》弾《はじ》きにされる。競争は無駄でしかない。自分のランクは最初から定められている。

　柔道部員のような猪《い》首《くび》の正社員が、険しい顔で近づいてきた。「おい後藤」

「あ、どうも、逸貴《いつき》さん」後藤が頭をさげた。

「どうもじゃないだろ」逸貴と呼ばれた正社員は、どう見ても三十代前半で、後藤より若かった。「候補者の履歴書、ファイリングは済んだのか」

「いまお持ちします」後藤は立ち去る素振りをしめしながら、苦笑ぎみに環奈に耳打ちしてきた。「キャストあがりは、新卒採用された正社員にかなわなくてさ」

　環奈は後藤の背を見送った。後藤がいましがた否定した体育会系が、本社にまぎれもなく蔓延《はびこ》っている、そう思えてならなかった。

　別の正社員が声を張った。「アンバサダー候補のみなさん。こちらに注目してください」

　キャストたちがいっせいに向きを変える。正面に正社員らが整列していた。現アンバサダーの彩芽もそこに加わっている。

　逸貴が中央に進みでて一礼した。「お忙しいところ集まっていただき恐れいります。オリエンタルワールド本社人事部の逸貴貞夫《さだお》です。今後は正式に、アンバサダーをめざすための研修が始まります。ただしキャストとしての業務時間は減らせません。現場での働きは、これまでどおり厳正に評価され、アンバサダー任命時の判断材料となります」

　不安が募《つの》る。カストーディアルキャストの働きなど注視してくれるだろうか。やはりパレードやショーのダンサーこそ圧倒的に有利ではないか。

　逸貴は小さな赤いバッジをとりだした。「このバッジに刻まれているキャラクターは、ウサギのオズワルド。キャスト諸君なら知っての通り、オズワルドはミッキーマウスの前身であり、われらが天敵ユニバーサルスタジオの住人でした」

キャストに笑いが起きた。環奈もかつての研修で習った。ウォルト・ディズニーが創造したウサギのオズワルドは、大人気のキャラクターだった。しかしディズニーとユニバーサル映画とのあいだに契約トラブルが生じた。のちにディズニーはオズワルドをもとに、新たにネズミのミッキーマウスを生みだした。

オズワルドの権利は長いことユニバーサルが保持し、かつてＵＳＪでぬいぐるみが売られていたこともある。いまでは権利もディズニーに戻り、シーにオズワルドのグッズ売り場が存在する。

逸貴は真顔のままだった。「みなさんにもミッキーの前身、オズワルドの段階から歩みだしていただきます。ミッキーマウス同様、アンバサダーとして新たな命を得られるかどうかは、みなさんの努力しだいです。今後パーク内にいるときには、バッジを身につけることが義務になります」

別の正社員があとを引き継いだ。「このバッジがアンバサダー候補の証《あかし》であることは、全キャストに通達されます。同僚はみな、あなたがたひとりひとりを、アンバサダーにふさわしいかどうか評価するのです。評価カードは常時、ワードローブビルで回収し、得点として数値化します」

不利な条件しかきこえてこない。陽のあたる部署の人気キャストばかりが、点数を多く集めてしまう。

環奈は救いを求めたい一心で、後藤の姿を探した。なかなか見つからない。よく目を凝らすと、正社員の集団のなか、端《はじ》寄りに身を小さくして立っていた。環奈のなかに失意がひろがった。組織における後藤の立場の弱さはあきらかだった。それがキャスト内での自分の順位、環奈にはそう思えた。

逸貴がいった。「各自バッジを受けとり、それぞれの部署に戻ってもらいますが、その前にアンバサダー用のスマイルの技術について学んでいってください。講師は現アンバサダーの鈴本彩芽です。では鈴本さん」

現アンバサダーの彩芽が歩みでて、キャスト一同を見渡した。「みなさん。笑顔のつくり方は、キャスト研修でも指導を受けたと思いますが、アンバサダーは写真写りもよくなければなりません。口のかたちをイの発声時と同じに。かなり大げさに口角《こうかく》を上げます。割り箸をくわえて練習しましょう」

キャストたちが長テーブルに群がり、割り箸を手にとりだした。トップダンサーの奈々未までもが、迷いもなく割り箸を水平にくわえる。まるで禰豆子《ねずこ》の集団だった。

環奈が臆《おく》していると、後藤と目が合った。早く手にとって、後藤の表情がそのようにうながしてくる。環奈はほかのキャストに倣《なら》い、割り箸を一本獲得すると、口にくわえた。

彩芽が指導を始めた。「そのまま発声して。イとはっきりきこえるように、大きな声で。はい、イー！」

イー！　室内に女子の唱和が響き渡る。環奈も必死に声を絞りだした。イー……。アンバサダーへの道は長く険しい。そんな思いが環奈の胸に去来した。

アトモス

イッツ・ア・スモールワールド前に、午後の陽射しが降り注ぐ。環奈《かんな》は眞結香とともに広場の清掃を進めていた。シニアキャストの久保は、もう仕事ぶりが認められたらしく、単独で別の場所に振り分けられている。

私語は禁止だが、眞結香がトイブルームで地面を掃きながら、ひそひそと話しかけてきた。「そのバッジ、めだつね。トレーナーピンより赤みが多いから、吉島さんが嫉妬《しっと》してる」

「やめてよ」環奈は苦笑した。「ただエントリーしたにすぎないんだし」

「アンバサダーの研修が始まって、もう二日……三日だっけ。調子はどう？」

「まだなんとも……。まずは笑顔のつくり方と歩き方」

「あー。スマホを見ながらにやにやしてたのは……」

「ダウンロード動画が教材なの。そのとおり笑えないと駄目で」

「そうなのかー。またユーチューブでも観て笑ってんのかと思ってた」

「なかなかうまくいかなくて」

「上達してきてるでしょ。最近の環奈は明るくなったように見えるし。久保さんもいってたよ」

「なんて？」

「永江さんがごく自然な笑みを浮かべるようになったって。わたしも同感。いまの環奈の笑顔は、人を惹きつける力がある」

「まさか……。そんなのとても」

　ふと気づくと、ゲストが周りに群がりだしていた。みな明るい表情をこちらに向ける。環奈は面食らいながらも、とっさに笑顔を取り繕《つくろ》った。まさか本当に人々を引き寄せたのか。

　すぐにそれが思いちがいだと気づいた。カストーディアルキャストのコスチュームが、背後にもうひとり出現している。眼鏡をかけ、どことなく頼りなげな外見ながら、知る人ぞ知るパーク内の有名人。名は山本肇《やまもとはじめ》、年齢二十四歳。

　山本はトイブルームとダストパンを手に、清掃に従事する素振りをしめす。ところが前屈姿勢をとるうち、襟《えり》の後ろに赤い風船が膨れあがる。うなじでどんどん大きくなる風船に、ゲストが笑い声をあげる。山本は視線をあげ、妙な表情で辺りを見まわすと、うなじに手をまわす。だが指先が触れる寸前、風船は瞬時にしぼんで、襟の後ろに隠れてしまう。なにもないじゃないか、山本はゼスチャーでそうアピールし、また掃除を始める。ところがふたたび風船が膨らみだし……。

　同じことの繰りかえしながら、見物するゲストの数はみるみるうちに増え、反応も爆笑の域に達する。山本はうなじになにかいると怯《おび》えだし、ひとり狼狽《ろうばい》するものの、伸縮自在の風船は生き物のように逃げ隠れする。

　環奈と眞結香は手を休め、並んで立ちながら、笑顔でパフォーマンスを見守った。内心では、まだ片づけきれていないゴミが気になって仕方がない。しかしパフォーマンスの最中はこうするきまりだった。

　複雑な思いがよぎる。山本はファンカストーディアルキャストだった。コスチュームは環奈たちと同じだが、それはあくまで清掃要員を装うためであって、掃除の義務は負わない。環奈にとっては、なんとなく苦手な存在でもあった。

ファンカストーディアルキャストは、バックステージできちんと挨拶こそするものの、清掃要員とはちがうとの自負を、さりげなくのぞかせる。要するに少々プライドが高い。これだけ人を惹きつける能力があれば当然かもしれないが、なんとなくカストーディアルキャストを見下している感もある。気のせいだろうか。

パーク内で突然始まるパフォーマンスをアトモスフィアという。アトモスのキャストはみな芸達者だ。彼らが清掃要員に化けるファンカストーディアルは、シーで人気を博したのち、ランドでもおこなわれるようになった。アトラクションのＱラインが延びているとき、ゲストを楽しませると同時に、人混みを分散させる効果がある。

山本は両手を後ろにまわし、うなじの風船をついに捕まえた。だが風船はどんどん大きくなる。山本があたふたしてゲストに近づくたび、どよめきと歓声が起きる。途方もなく大きくなった風船がバンと割れ、山本はひっくりかえる。ゲストは拍手喝采《はくしゅかっさい》だった。

何度も観たことがあるが、いまだに仕掛けがわからない。山本の両手はふさがっているのに、どうやって風船に送りこむ空気を調整しているのだろう。

起きあがった山本は笑顔でゲストにおじぎをした。去りぎわ環奈たちにも一礼したが、してやったりという満足げな顔はいつもどおりだった。

見物のゲストが散りだした。環奈は眞結香とともに清掃作業に戻った。するとなにかが脚に触れた。振りかえると、四歳ぐらいの女の子が立ち、人差し指で環奈のスラックスをつついていた。環奈は笑顔を心がけた。「なにかご用ですか？」

女の子は両手で、うなじに大きく膨らむ風船を表現した。次いで環奈を指さした。どうやら山本と同じことをやってほしいと頼んでいるようだ。眞結香が苦笑いを浮かべた。環奈も同じ気持ちだったが、小さな子供は大人の苦笑に敏感だとキャスト研修で習った。嘲笑《ちょうしょう》ととらえるらしい。そんなふうに思われてはならない。

できないというのも禁句だった。環奈は両手をうなじにまわしてから、ほっとした顔をしてみせた。「わたしのところには来ないみたい。ちゃんとお掃除がんばってるからかな」

女の子は残念そうなまなざしで見つめてきたが、すぐに気を取り直したように、環奈の手をとった。横に並ぼうとしているようだ。近くに母親とわかる女性が立っていた。

女性が恐縮した笑みとともにいった。「すみません。娘と一緒に写真を撮ってもらえますか」

「え？」そんなことを頼まれるのは初めてだった。環奈はあわてながらも、しゃがんだまま女の子に身を寄せた。「は、はい。どうぞ」

アンバサダー研修で教わった笑顔を心がける。イの発声時と同じ口。スマホカメラのシャッターが切られる。女の子が満面の笑みを浮かべていた。母親もおじぎして礼をいった。

母娘《おやこ》が立ち去ると、環奈は半ば茫然《ぼうぜん》としながら立ちあがった。思わずつぶやきが漏れる。「なんでわたしとの写真なんか……」

眞結香が環奈の肩を叩《たた》いた。「やるじゃん！」

「痛……」

「ほら、環奈。笑顔の練習、まちがいなく成果が表れてるんだって。ゲストはアンバサダー候補だなんて知らないんだよ？　でも一緒に写真に写りたがるなんて、それだけ環奈が魅力的に見えた証拠」

「ちがうよ。ファンカストーディアルキャストと同一視されただけ。山本さんが裏にひっこんじゃったから、代わりにわたしってことでしょ。周りに誰もいなくて、声をかけやすいし」

「なんでそんなにネガティブなの？　もっとすなおに喜ぼうよ。山本さんなんてパフォーマンスがなきゃ、ただの冴えない兄ちゃんじゃん。環奈はなにもしなくてもゲストを惹きつける。まさにアイドル」

「ひょっとして、無理やりにでもわたしのモチベーションを上げろって、吉島さんから頼まれたとか？」

「まさかぁ。もう、信用ないな。純粋に環奈が変わったと思ってんの。ほんと、アンバサダーも夢じゃなくない？」

　まんざらでもない気分になりかけている自分に嫌気がさしてくる。環奈は清掃を終えると、キャスター付きのゴミ箱を押した。「スイーピング、終了しました。移動します」

「移動します」眞結香が歩調を合わせてきた。「笑顔って難しいよね。落ちない汚れを落とそうとすれば、眉間《みけん》に皺《しわ》が寄るじゃん。ずっと笑ってるなんて無理」

「ほんとにね」環奈は心から同意した。「ミッキーマウスとはちがうのに。笑顔を絶やすなっていうんなら、そういう顔の被《かぶ》り物でも用意してくれりゃいい」

「むかし二回ほど検討されたことがあるって」

「マジで？」

「カストーディアルみたいに、あまりゲストと触れあわないキャストは全員、キャラのマスクを作ってかぶらせようって提案が……」

「ほんとにかぶるとなったら息苦しそう」

「そのとおり。夏場には熱中症の危険があるって判断され、実現せず」

「それはなにより」

眞結香が声をひそめた。「正社員ってさ、おかしなことばかり検討してるよ。スターツアーズのキャストが眼鏡をかけてるのは、世界観を壊すとかいいだして」

「みんなコンタクトレンズにしろって？」

「眼鏡の上からＳＦチックな半透明ゴーグルをかけさせるって案がでたって」

「あのへん暗いから、つまずいて転ぶでしょ」

「現に正社員が試して、手探りでふらついてばかりで、仕事にならないとわかったとか」

スターツアーズのキャストにとっては、廃案になって幸いだっただろう。環奈は眞結香とともにゴミ箱を押しながら、バックステージへの通用口を入った。

警備におじぎをし、通用口を抜けると、無骨なトタン板の壁面に囲まれた。倉庫街の一角のような眺め。いつもながら瞬時に現実へと引き戻される。

青白のコスチューム、串澤《くしざわ》が小走りに近づいてきた。「永江、萩田！　ちょうどよかった」

眞結香は迷惑そうな顔になった。「こっちは別によくない」

「きけ。例のふたりがまた現れた。正社員に呼ばれて、すぐそこを歩いてる」

「ほっとけばよくない？　本社がなにしようが関係ないって」

「そうはいかない」串澤は環奈の手をつかんで引っぱった。「証人は多けりゃ多いほどいいんだ。一緒に目撃者になってくれよ。猟師たちがうろつきまわってる事実について」

　串澤が駆けだした。環奈は戸惑いながらも、串澤に同行せざるをえなくなった。

「ちょっと」眞結香はゴミ箱を壁ぎわに寄せた。怒りをあらわに追いかけてくる。眞結香が声を荒らげた。「串澤さん。無茶しないでよ」

「しっ」串澤が静寂をうながした。「あそこだ、見ろ」

　バックステージの路地の先、白髪頭のふたりが足ばやに歩いていく。猟友会のふたりだ。きょうは正社員らしきスーツがひとり先導している。正社員は歩きながら振りかえり、ふたりに声をかけた。猟師のひとりがうなずく。三人はにわかに歩を速めた。急ぎの用があるのはあきらかだった。

　たしかに気になる。環奈は串澤とともに猟師たちを尾行した。眞結香も訝《いぶか》しげな顔になり、環奈のあとにつづいた。

いくつか角を折れた先、マジックランプシアター裏に近づくと、警備員が立ちふさがった。「どちらへ行かれます？」

「あ」串澤が弱腰にいった。「あのう、僕たちはカストーディアルキャストでして」

「ランドのでしょう？　ここから先はシーのバックステージですよ」

半分ゲストのキャストが大勢働いている。勝手に所定の勤務区画から移動し、どこへでも入りこめる自由を許すはずもない。シーのカストーディアルキャストは全身白ずくめだ。ちがいは一見してわかる。

環奈は警備員に頭をさげた。「どうも失礼しました」

冷や汗をかきながら踵《きびす》をかえす。眞結香が警備員におじぎをし、串澤もそれに倣った。環奈ら三人は来た道を引きかえした。

角の手前まで戻ると、眞結香が怒りとともに吐き捨てた。「もう！　串澤さん。わたしたちを巻きこまないでよ。会社に刃向《はむ》かいたきゃひとりでやれば？」

「刃向かってるんじゃないよ。俺はただ、仮に本社が不正を働いてるとしたら……」

「大きな声でいわないで」

串澤が声をひそめた。「本社が不正を働いてるとしたら、それが表にでたとたん、俺たちの職場が失われる。そのことを危惧《きぐ》してるんだよ」

「持ち場を離れて、こそこそ動きまわったんじゃ、それこそクビになっちゃうでしょ。だいたい猟師がいるからって、猟銃を発砲するわけが……」

唐突に重低音が地面を揺るがした。ドン！　ドン！　ドン！　ダーン！

思わず言葉を失った。環奈は眞結香を見つめた。眞結香が怯えた顔で見かえした。串澤に目を転じる。ひきつったような串澤の表情がそこにあった。

プロメテウス火山の噴火。ランダムに生じるはずが、このタイミングで鳴り響くとは……。

眞結香が黙って歩きだした。ランドのオンステージ方面へと戻りだす。環奈も並んで歩いた。串澤も同様だった。三人の歩調はしだいに速まり、ほとんど逃走するも同然に駆けていった。

来年は成人式だ。十九歳の環奈にとって、世のなかはまだわからないことだらけだった。日々バイトのみの狭い視野しか有していない。未知のものには触れるのも恐ろしい。やりすごせるならそれに越したことはない。不都合な真実を知ってしまったら、いったいどうすればいい。一介のバイトにすぎないのに。

ミッキー

カストーディアルキャストのシフトをこなしながら、アンバサダー候補の研修にも出席するのは、かなりのハードワークだった。

きのうの勤務明けには、上品な立ち姿を練習させられた。キャスティングセンターに現アンバサダーの鈴本彩芽はおらず、専任の講師が来ていた。右脚に重心をかけ、左膝《ひだりひざ》をわずかにくの字に曲げる。右肩を少し後ろに引き、顔は正面を向ける。背筋が伸び、胸が開く。斜にかまえた、いかにもモデルのような立ち方。姿見に映る環奈は常にふらついていた。

ほかの立ち方も教わった。両足を揃え、右足のみほんの少し引き、土踏まずに左足の踵《かかと》をつける。爪先は約六十度開く。よりアンバサダーっぽい立ち姿になった。手のしぐさも重要だった。指先まで優雅な動きを意識せねばならない。

きょうは昼から勤務のクローズドキャストだったが、実際には朝一で出勤し、歩き方の指導を受けていた。同じ時間帯に受講できる十名前後が参加した。息を吸って胸に空気を溜《た》め、まっすぐ正面を見つめる。まばたきはしない。顎《あご》の位置をさだめ、頭をぐらつかせない。踏みだしてからは、かならず一本の軸脚で踏んばる。膝の内側を軽くこするように、両脚をかわるがわる交差させせながら歩く。

全身の筋肉を鍛えあげることが重要だと講師がいった。やはりダンサーが有利な条件だった。それ以外のキャストはランニングを日課にするよう指示された。

昼過ぎの休憩時間、環奈はバックステージの路地わきのベンチに座り、いつしかうとうとしていた。浅い眠りにつくのはめずらしくなかった。このところ電車では立ったまま寝てしまう。

なにやら気配を感じ、環奈は顔をあげた。はっとしてのけぞった。目の前にミッキーマウスの顔があった。

一瞬、状況がわからず混乱した。バックステージの路地、辺りには誰もいなかった。環奈の顔をのぞきこんでいるのは、おそらくグリーティングにでかける前のミッキーマウスだった。

環奈は思わず苦笑した。ベンチに腰かけたまま、ミッキーに軽く手を振る。ミッキーも身を引き、両手を口にあてた。愛嬌《あいきょう》たっぷりのしぐさは、オンステージで見かけるミッキーとまるで同一だった。いやバックステージでも、ミッキーは常にこうしている。ただ環奈にとって、ミッキーにかまわれるのは初めてのことだった。

実際なぜかまわれたのだろう。理由はすぐに思いあたった。赤いバッジのせいだ。ミッキーも環奈がアンバサダー候補だと気づいたのだろう。環奈は胸のバッジを指さし、ミッキーを見つめた。ミッキーが拍手するようなしぐさをした。

漠然とした落胆《らくたん》が胸のうちにひろがる。せっかくミッキーと向き合ったいま、アンバサダー候補の重荷を忘れ、無邪気なゲストだった自分に戻りたかった。しかしそうはいかない。ミッキーが候補者のひとりすら見過ごさない、それほど大きな義務がついてまわる。

つぶやきが環奈の口をついてでた。「いいよね、ミッキーは。カーストの頂点も頂点」

ミッキーは笑顔のまま、どこか戸惑《とまど》ったような素振りをした。そんなことないよと両手を振り、環奈を指さす。きみこそ頂点だといわんばかりのしぐさ。絵に描いたような、教科書どおりのミッキーマウスの反応だった。

圧倒的なミッキーマウスの存在感。大人から子供まで笑顔にしてしまう魔力の持ち主。キャラクター自体もそうだが、中の人もキャストの頂点だろう。正体は不明だが、苛酷《かこく》な競争を勝ちあがり、その座を射止めたにちがいない。

いまもミッキーはオンステージと同様、中の人の存在などまるで感じさせない。キャストである環奈の目で見ても、ミッキーはミッキーだった。一瞬たりとも素に戻ったりしない。徹底したプロ根性を感じさせる。

路地を通りがかったショーキャストの女の子たちが、黄いろい声をあげ駆け寄ってきた。ミッキーは身体《からだ》を起こし、彼女たちに手を振った。

ベテランとおぼしきキャストたちが、オンステージへの通用口から戻ってきた。正社員に近い彼らは、ミッキーら重要キャラクターの世話をまかされている。いかにもゲストを相手にする笑顔を振りまきながら、ミッキーのもとに近づくと、そっとうながした。

ミッキーはベテランキャストらにいざなわれ、オンステージへと立ち去りだした。女の子たちがまた手を振りながら見送った。ミッキーも手を振りかえしたが、去りぎわに環奈に目を向けた。環奈にしっかり別れの挨拶をしめしてから、ミッキーは通用口に消えていった。

女の子たちがゲストさながらに、はしゃぎながら遠ざかる。バックステージの路地はまた静かになった。

環奈はいちども腰を浮かせられなかった。ずっとベンチに座っていた。失礼だっただろうか。いやミッキーも立つことを求めてはいなかった。ミッキーがあまりにフレンドリーすぎて、カストーディアルキャストとしての自覚が、どこかへ飛んでいってしまった。

ため息とともにうなだれる。結局バックステージでもゲストあつかいか。そこに甘んじてしまう。アンバサダーの器とはとうてい思えない。

そのとき靴音《くつおと》が近づいてきた。グリーンのジャケットのアトラクションキャストだった。

環奈はどきっとした。いつもフォレストシアター前で見かけるイケメン。人気キャストとしてスピリットアワードを授与された二十一歳。藤崎亮太《ふじさきりょうた》がこちらに歩いてくる。

藤崎はもうひとり、グリーンのジャケットの同僚を連れていた。しかしこちらに目を向け、環奈の存在に気づく反応をしめすと、藤崎は足をとめた。

「ああ」と藤崎は環奈のほうに近づいてきた。

全身の鳥肌が立った。誰かほかの人を見つけたのか、そう疑い背後を振り向いたが、そこにはトタン板の壁しかなかった。

もうひとりのグリーンのジャケットが立ち去っていく。「藤崎。先にＴラウンジに行ってるからな」

「すぐ追いかける」藤崎は連れにそういうと、環奈の前に立った。涼しいまなざしが環奈を見下ろす。「毎朝よく会うね。いつもファンタジーランド辺りを掃除してくれてありがとう」

「い、いえ」環奈は言葉に詰まった。「あのう……」

「おや」藤崎が目を凝らした。「それはオズワルドピン？」

「はい……。いちおう」

「するとアンバサダー候補？　すごいな」藤崎がさらりといった。「隣り、いい？」

「え？　あ、はい」環奈はあわててベンチを横にずれた。

藤崎が環奈の隣りに座った。環奈の脈《みゃく》がせわしなく打った。心臓が張り裂けそうなほどだった。にわかに暑くなる。夏日に思えるほど顔が火照《ほて》ってきている。

しばし沈黙があった。藤崎は世間話の口調でたずねてきた。「出勤は毎日？」

「はい。ほとんどそうです」

「敬語はやめてくれないかな」藤崎が笑った。「僕らはほとんど同じ歳《とし》だろ？」

「わたし、まだ十九なので」

「変わらないよ。きみのほうが偉い。どんなときでも笑顔で仕事してるし」

藤崎の胸に銀いろのバッジ、スピリットアワードピンが光っている。どう考えても藤崎のほうが格上だった。

バッジよりずっと明るく輝くものが目の前にある。藤崎の端整な横顔。眺めるだけでも恐れ多い。ある意味ミッキー以上に緊張する。

「ええと」藤崎が環奈の名札プレートを見た。「ナガエさん……？」

「永江環奈です」

「敬語はやめようよ」

「あ、はい」環奈は苦笑した。「永江環奈」

「僕は藤崎亮汰」

「知ってます。いえ、知ってる……。スピリット・オブのとき、名前を呼ばれていたので」

「そっか。あの催しも早く、舞浜アンフィシアターに戻ってほしいよね。いまのままじゃ、なんか慌《あわ》ただしくて。そう思わない？」

「わたしはべつに……」心がいくらか落ち着きを取り戻しつつある。あきらめに似た微笑が自然に浮かぶ、環奈はそう自覚した。「表彰も褒《ほ》め合《あ》いも、わたしには無縁だし」

「そんなことないよ。カストーディアルキャストにはみんな感謝してる」

「感謝されるなんて、忘れ物や落とし物を見つけて、メインストリート・ハウスに届けたときだけ。ゲストがお礼をいうのはそこのキャストだし、誰からも褒めてもらえない。掃除はやって当然だし」

　藤崎は穏やかにいった。「ずいぶん後ろ向きだね。アンバサダー候補なのに」

「……エントリーするなんて無謀だった。いまはよくわかってる」

「なんで？」

「ほかが凄《すご》すぎる」

「きみだって立派だよ」藤崎はベンチの横に目を移した。壁に立てかけられたトイブルームを眺める。「しゃがまずに掃除するんだよね？」

「ええ。でもそんなに徹底してない」

「そうなの？　ゲストにぶつかると危ないから、絶対にしゃがまないってきいたけど」

「それ、ただの言い伝えかも……。どのキャストも小さな子供には、同じ目線になるようにいわれてるのに」

「ああ。たしかにそうだね。しゃがんじゃいけないのなら、カストーディアルキャストは脚を伸ばしたまま、頭だけ低くすることに……」

　環奈は笑った。「ヨガのポーズみたいに」

「変だよな」藤崎も笑顔になった。「次のスピリット・オブでは、きみに感謝のメッセージを送りたいんだけど。迷惑？」

「い、いえ。そんなことは……」

「よかった」藤崎が立ちあがった。「それより先に、アンバサダー就任のお祝いがあるかもしれないね。じゃ、研修がんばって」

　環奈はまた腰を浮かせ損ねた。あるいは腰が抜けたも同然の状態かもしれなかった。それぐらい身体に力が入らなかった。ベンチに座ったまま、ただ茫然と藤崎を見送る、できるのはそれだけだった。

　藤崎が立ち去った路地の角に、眞結香《まゆか》の顔がのぞいていた。じっとこちらを観察している。環奈はあわてて視線を逸らした。

　眞結香が足ばやに近づいてきた。「見たぞ。環奈ー。この目でしかと見た」

「な……なにを？」

「とぼけんなって」眞結香は隣りに座ると、環奈にすり寄ってきた。「いまのフォレストシアターのイケメンじゃん。藤崎君だっけ？」

「さあ。そうなの？」

「おい！　環奈が毎朝ぼうっとしながら、彼のことを目で追ってんの、わたし知ってるからな。いつからつきあってんだよ」

「つきあうなんてとんでもない。いま話しただけ」

「なんで会話になった？」

　環奈が黙っていると、眞結香が疑わしげに凝視してきた。ほどなく眞結香は環奈の脇《わき》の下をくすぐりだした。環奈は身をよじり、眞結香の手を振り払おうとした。

「ちょっと」環奈は笑いを堪《こら》えられなくなった。「やめてよ」

「吐け」眞結香はくすぐりつづけた。「どういう経緯で彼が声をかけてきた？　そのバッジの力？」

「やめてってば」環奈は眞結香をくすぐりかえした。眞結香もけたたましい声で笑いだした。相互にじゃれあいながらくすぐりあった。

　高齢者の冷静な声が呼びかけた。「永江さん。萩田さん」

　びくっとして居ずまいを正す。シニアキャストの久保が近くに立っていた。

「なんだ」眞結香がほっとしたようにいった。「久保さんか。驚かせないでくださいよ。スーパーバイザーに見つかったかと思った」

環奈は久保にきいた。「なにかあったんですか？」

「トレーナーの吉島さんが招集をかけてます」久保が神妙に告げてきた。「なにやら緊急の案件のようです」

居残りゲスト

事務室にはカストーディアルキャストばかりが、二十名ほども集まっていた。いま手が空いている者は全員呼びだされたようだ。ほかのカストーディアルキャストにも、シフトの合間に同じ通達がなされるという。

青に白のコスチュームの群れが、トレーナーの吉島を囲んで立った。吉島が咳《せき》ばらいをしていった。「警備からの連絡でな。ここ数日、閉園後の防犯カメラの録画映像に、不審な人影がとらえられてる。パーク内にゲストが居残ってるらしい」

一同がざわめいた。環奈の隣りに立つシニアキャストの久保が、妙な顔でささやいた。「そんなことあるんですか」

環奈は小声で応じた。「前にも何度か……。ゲストがレストルームに隠れて、そこで一夜を明かそうとしたり、閉園後のパーク内を散歩しようとしたり」

「警備に見つかるはずでは？」

これまではそうだった。東京ディズニーランドは眠らないテーマパークだ。閉園の直後から、駐車場入口前にクルマの列ができ、パーキングロットキャストが夜通し対応に追われる。パーク内には専門の清掃スタッフが入り、より本格的なクリーンナップがおこなわれる。設備のメンテナンスもある。深夜は警備も専門会社にバトンタッチする。居残りゲストがいたとしても、ほどなく見つかる。

吉島がいった。「今回の無断滞在者は成人の男性らしい。防犯カメラの録画映像によれば、三十代後半から五十代、痩《や》せ型でリュックを背負ってる。連れはおらずひとりだ」

めずらしいケースだった。閉園後も潜伏するゲストといえば、たいてい若者数名のグループと相場がきまっていた。はしゃいだり撮影動画をＳＮＳにあげたりするので、そこから足がつくケースが多かった。

けれども大人の男性ひとりとなると厄介だった。どこかに隠れてじっとしていれば発見されにくい。

青白服のひとりが吉島に質問した。「ここ数日とおっしゃいましたが……」

「ああ。三日ほど連続して人影が確認されてる。バックステージに入れば、たちまち警報が鳴るから、オンステージのどこかに隠れてるようだ。ショップのレジを荒らされた気配はない。もともと夜中に現金を置いてはいないが」

「商品の窃盗《せっとう》被害もないんですか」

「ない。毎朝俺たちが、なんの異変も感じなかったとおり、潜伏者はゴミを散らかしたりもしていない。それだけ徹底してるのは、見つかるまいと意識しながら隠れてるからだろう。悪質だ」

　串澤が吉島にきいた。「人影が目撃されたのはどのへんですか？」

「最初の晩は空飛ぶダンボのわき。明け方にはクイーン・オブ・ハートのバンケットホール前を横切った。次の夜は白雪姫と七人のこびと前。最後は昨晩、キャッスルカルーセルの周りだ」

「ってことは……。僕らのロケーションですか」

「そのとおりだ」吉島がため息まじりに声を張った。「きょうからクローズドキャストは全員、閉園前後に清掃確認がてら、潜伏者を探してまわる。セキュリティオフィサーだけでは手が足りないからだ」

　ぼやきに似た嘆きが、そこかしこからきこえる。環奈もげんなりした。前にもあったことだ。清掃確認だけなら手っ取り早いが、居残りゲストを探すとなると重労働になる。あらゆる場所に首を突っこまねばならない。閉園後の一時間ていどでは終わりそうにない。残業手当はつくのだろうか。潜伏者が見つからなければ、延々とパーク内を巡回する羽目になる。

吉島が一同を見まわした。「理解できたな？　話は以上だ。持ち場に戻れ」

青白服がざわつきながら散開した。みな道具を手に事務室をでていく。眞結香が近づいてきて、露骨に顔をしかめた。「また残業。やってらんない」

環奈は歩きだした。「しょうがないよ。仕事だし」

「そもそも閉園時にはキャスト全員が見まわるのに、ずっと逃れてるなんて忍者かよ。ディズニーじゃなく日光江戸村に行きゃいいのに」

串澤が興奮ぎみに声をかけてきた。「永江。こりゃチャンスかもしれない。閑散としたパーク内なら、猟師の動きが目にとまるかも」

疲労感のせいか苦笑も浮かべられない。環奈は歩きながらぼんやりと応じた。「闇《やみ》夜《よ》でカラスを撃つ人いる？」

眞結香も尻馬《しりうま》に乗ってきた。「いるわけないじゃん。白雪姫にでてくる魔女かよ」

ふたりがあきれた気分で退室しようとすると、置き去りにされた串澤が追いかけてきた。「暗視ゴーグルを使ってるのかもしれないだろ。ルール違反者はなんでもありだよ。気をつけないと危ない。油断してると魔女にやられるよ」

捜索

夜の閉園時刻を迎えた。パーク内のＢＧＭが途絶えても、ゲストがなかなか帰ろうとしないのは毎日のことだった。特にシンデレラ城前には、最後にインスタ映えする画像を撮ろうと若者があふれる。ほとんどはその場に座りこみ、スマホも地面に置き、仰角《ぎょうかく》で城を背景に自撮りする。

しかしシンデレラ城前に声をかけるのは、閉園作業の終盤になる。キャストによる巡回は、パークの最深部から始まる。奥から順に確認していかないと、居残りゲストを見過ごしてしまうからだ。

密林を模したアドベンチャーランドは照明も暗い。環奈は眞結香と行動していた。懐中電灯を片手に、茂みのなかを照らしてまわった。

眞結香がぼやいた。「清掃確認だけなら、こんなところまで見なくていいのに。ほんと迷惑」

実際この辺りは木立がほとんどを占める。魅惑のチキルームには広大な庭園もある。

誰かがうずくまっていれば、容易には目にとまらない。柵《さく》を乗り越え、あるていどなかに踏みいる必要もあった。

「ったく」眞結香も背後につづきながら吐き捨てた。「残業手当つくよね？　つかなきゃ話になんない」

「たぶんだいじょうぶでしょ」環奈は熱帯林を掻《か》き分けながらいった。「ランドかシーの入場券もおまけしてくれるかも」

「ＵＳＪのチケットがほしい。マリオのとこ行きたい」

懐中電灯の光を前方に向けたとき、顔らしきものが浮かびあがった。環奈はびくっとした。

だがそれは、木立のなかに建てられたトーテムポールだった。生き物の顔を模した木彫りの像、アトラクションの雰囲気を高めるためのオブジェでしかない。

眞結香がけらけらと笑った。「環奈、びびってやんの」

「そんなに驚いてなんか……」

「やせ我慢しなくていいよ。ここ不気味じゃん。こんなふうに静かになるとよけいに……」

なにかがきこえた。男性の叫びのようでもあった。気のせいかと思うほど小さな声量だった。

それでも眞結香が息を呑《の》んだため、幻聴でないとわかる。眞結香がささやいた。

「なに、いまの……？」

静寂のなか、風が強く吹きつけた。木々が枝葉をすりあわせ、さかんにざわめく。海に近い舞浜では、夜風が勢いを増す。梢《こずえ》が大きく揺れるせいで、木立の外が見通せない。

ふたたび耳に届くものがあった。叫びというより怒鳴《どな》り声に近い。かなり遠方にも思える。

眞結香が緊張の面持《おもも》ちになった。「またきこえた」

「でよう」環奈は樹木のあいだを突っ切った。柵を越え、アドベンチャーランドの路上に戻る。

辺りには誰もいなかった。風の吹きすさぶ音だけがこだまする。ウエスタンリバー鉄道の警笛《けいてき》も、乗車案内のアナウンスもない。チキルームの太鼓の音も、鳥のさえずりの効果音も途絶えた、ひたすら森閑《しんかん》とする夜更《よふ》けだった。

あらためて眺め渡すと、なんとも薄気味悪い一帯に思えてくる。トーテムポールの顔が怖い。いまにもなにかが熱帯林を割って飛びだしてきそうだ。

しばらく立ち尽くしたものの、なんの兆候も目につかない。お化け屋敷のようなものだ、そう自分にいいきかせた。恐怖心が神経を過敏にさせる。考えてみれば、ここは吹きっさらしの屋外ではないか。それも東京湾に面した千葉の一角だ。市街地の物音が風に運ばれ、聴覚にとらえられることもある。

環奈はため息とともにつぶやいた。「誰もいないよ」

眞結香が虚勢を張るように鼻を鳴らした。怯《おび》えているのか、やけに饒舌《じょうぜつ》だった。「ＵＳＪでトリケラトプスの赤ちゃんがでてくるやつ、むかしは森のなかからティラノサウルスが顔だしてたじゃん。あれ壊れちゃったのかな。こっちで汽車のトンネルにある恐竜、貸してあげたら……」

いきなり風圧が迫った。はっとした直後、人影がぶつかってきた。眞結香が悲鳴をあげ、もんどりうって倒れた。環奈も巻き添えを食い、その場に突っ伏した。

懐中電灯の照射範囲には限りがある。そのため急速に接近する人物に気づけなかった。だが環奈は転倒しながらも、逃げていく男の背を目撃した。痩せ型、パーカーにジーパン、足もとはスニーカー。後頭部はパーカーのフードにすっぽり覆《おお》われている。逃げ足が速かった。男の後ろ姿がウエスタンランド方面に消えていく。

にわかに騒々しくなった。至近で男の声が怒鳴った。「まて！」

セキュリティオフィサーのコスチュームが大勢現れ、懐中電灯の光を振りながら追跡していく。うち数人が立ちどまり、環奈と眞結香を助け起こした。

ひとりは屈強そうな二十六歳、知り合いの岩野航輝だった。岩野が緊迫した声を響かせた。「カストの永江と萩田か。だいじょうぶか」

眞結香が怒ったようにいった。「だいじょうぶじゃない！　なにあいつ。乱暴に突き飛ばしやがって」

環奈は岩野にきいた。「どこにいたんですか」

「ジャングルクルーズの川沿いだ。大胆にも野宿をきめこんでやがった」岩野は身を翻《ひるがえ》し駆けだした。「すまん。いまはやつを捕まえるのが先だ」

岩野と連れのセキュリティオフィサーらが走り去っていく。環奈は眞結香と顔を見合わせた。

これだけ多くの仲間がいるなら怖くはない。眞結香が先に岩野を追いだした。環奈も眞結香につづいた。

行く手で怒鳴り声が飛び交う。静寂のせいだった。ウエスタンランドとの境界のわきに、いつもなら滝が流れ落ちているが、いまはとまっていた。本来この滝は、アドベンチャーランドとウエスタンランドのＢＧＭが混ざらないよう、音のバリアを形成するためにある。ノイズが途絶えている以上、ウエスタンランドの物音も丸聞こえだった。

環奈と眞結香は西部劇に似た街道を突っ走った。あちこちに懐中電灯の光が揺れている。セキュリティオフィサーとカストーディアルキャストが入り交じり、一帯の暗がりを埋め尽くす。捜索側の頭数は圧倒的だった。にもかかわらず、まだ潜伏者を捕えられずにいる。

闇夜に浮かぶビッグサンダーマウンテンは、異様なほどリアルに見える。本物の赤みがかった岩肌のようだ。広場に駆けてきたカストーディアルキャストのコスチュームが、岩野たちと鉢合わせする。

岩野がきいた。「そっちはどうでした?」

応じたのはトレーナーの吉島だった。「アメリカ河は警備会社の人たちが固めてる。防犯カメラでも見張ってるし、こっちには来てないって」

「ならやっぱファンタジーランド方面か」岩野が腰のトランシーバーを操作した。ヘッドセットのマイクに告げる。「ディズニーベース、どうぞ。こちらディズニー１６２」

吉島が周りのカストーディアルキャストに呼びかけた。「みんな、もっと散れ。

隅々《すみずみ》まで見逃さないようにしろ。クリッターカントリーからホーンテッドマンションのほうに向かうぞ」

本音では頼りがいのあるセキュリティオフィサーらと一緒にいたい。しかしそれでは動員された意味がなくなる。カストーディアルキャストらが散開しだした。環奈と眞結香もまたふたりで行動せねばならない。

ただし潜伏者への包囲網は狭まりつつある。周りに懐中電灯の光がいくつも動きまわる。孤立状態ではないため、恐怖の度合いも減少する。

ふたりは小走りに前進した。空飛ぶダンボを懐中電灯で照らしつつ、眞結香がいった。「ジーパンを穿《は》いてるなんて、まちがいなくおっさんだよね」

「たぶんね」環奈はクリッターカントリー方面を眺めた。そちらへのわき道に、無数の懐中電灯の光が見てとれる。環奈はホーンテッドマンションの前を移動しながら、フェンス越しに庭を照らした。「トイブルーム、持ってくりゃよかった」

「わたしも」眞結香が同意した。「いざというとき、ぶん殴れる棒ぐらいほしいよね」

何者かが物陰から飛びだしてくることもありうる。ナイフで襲われたのではひとたまりもない。身を守るすべがなくとも、捜索を断念するわけにはいかない。これはキャストに課せられた義務だ。

ホーンテッドマンションの庭に、人影らしきものは見あたらなかった。ディスパッチ1の周辺も同様だった。回転木馬のなかにはセキュリティオフィサーらが入りこんでいる。アリスのティーパーティーも捜索されていた。

イッツ・ア・スモールワールド前に着いた。トゥーンタウン方面から大勢のカストーディアルキャストが駆けてくる。そのなかには串澤と、シニアキャストの久保の顔があった。

眞結香が久保にたずねた。「そっちに誰か行きませんでしたか？」

「いえ」久保は肩で息をしながら応じた。「居残りゲストが見つかったとの報《しら》せをきいて、急いでこっちに来たんですよ」

串澤もうなずいた。「みんな道幅いっぱいにひろがって進んだ。誰も見過ごしたりしてない」

シンデレラ城のわきからファンタジーランドへと、セキュリティオフィサーの群れがなだれこんでくる。懐中電灯が互いを照らしあう。この広場に至る三方向すべてから、追っ手の各集団が合流した。なのに潜伏者は見あたらない。

みな息を切らしながら途方に暮れている。環奈も茫然とたたずむしかなかった。潜伏者がこちらに逃げたのはたしかだ。挟《はさ》み撃ちするはずが見失ってしまった。

不可解というほどではない。どれだけ大勢で捜索しようと、パーク内には身を隠せる場所が無限にある。敷地全体をまんべんなく照らしだせる、球場のナイター照明のような設備もなく、そこかしこに暗闇がひろがる。

セキュリティオフィサーらが険しい顔を突き合わせる。話し合いのすえ、なんらかの合意に達したらしい。それぞれが分散し、各グループに伝達する。岩野も苛立《いらだ》たしげに頭を掻きむしり、吉島になにか耳打ちした。

腑《ふ》に落ちない表情の吉島が、環奈たちのもとに歩いてくると、不満の響きを帯びた声でいった。「みんな、きょうのところは解散、あとは警備会社にまかせる。警察にも通報するらしい」

気力の萎《な》える通達だった。なんのために苦労して駆けずりまわったのだろう。居残りゲストの捜索は初めてではないが、空振りに終わったことはかつてない。

「解散」吉島がため息まじりに告げた。「みんなご苦労様」

一同が浮かない顔で、ぞろぞろと通用口に向かいだす。眞結香がさっそく愚痴をこぼした。「最初から警備会社に頼めばよかったのに」

久保が渋い顔でささやいた。「なるべくオリエンタルワールドのほうで始末をつけたかったんですよ。ふつうの施設なら最初から警察沙汰《ざた》でしょうし」

「ああ、むかつく」眞結香が吐き捨てた。「でっかいトイブルームで掃きだしてやりたい」

環奈はふと足をとめた。夜空を仰ぎ見る。なにかが頭上を横切ったような気がした。鳥か。闇夜のカラスだろうか。もうどこにもいない。潜伏者と同様、煙のごとく消え失《う》せてしまった。

栄光

環奈《かんな》はみごとアンバサダーに任命された。

初披露は夜のシンデレラ城前、特設ステージの上だった。キャストばかりか一般ゲストも大勢詰めかけている。司会進行役は前アンバサダーの鈴本彩芽が務める。社長以下、役員たちも勢揃《せいぞろ》いする舞台に、環奈は呼びこまれた。拍手と声援がきこえる。まばゆいばかりのスポットライトを全身に浴びた。習ったとおり笑顔を取り繕い、しっかり前を向いて歩く。

彩芽からマイクを引き渡された。環奈は余裕をもって一礼し、群衆を見渡した。

ふと不安がよぎる。なにを喋《しゃべ》ればいいのだろう。スピーチの内容をまったく考えてこなかった。それ以上に困惑せざるをえない状況に気づかされる。声がでない。とりあえず挨拶《あいさつ》しようと口を開いたものの、言葉を発することができない。

群衆がざわめきだした。指をさして笑う者もいる。環奈は激しく動揺した。喋ろうと焦《あせ》れば焦るほど、喉《のど》の気管が詰まっていく。呻《うめ》きすら漏らせなくなった。息を吸うのも吐くのも不可能になった。環奈は苦しくなってむせた。

同世代のキャストたちは、環奈に目もくれず雑談を始めた。互いの冗談に笑いあっている。オリエンタルワールドの社長がいった。しょうがない、鈴本君、また頼むよ。はい、と笑顔でうなずいた彩芽が、舞台の真んなかに進みでる。割れんばかりの拍手喝采《かっさい》。環奈はいつしか両膝をつき、その場にうずくまっていた。もはや環奈に注目する者は誰もいない。職場仲間らの視野から掻き消されてしまったかのようだ。

仕事

はっとして我にかえった。というより、軽い振動によって目が覚めた。

環奈は電車に乗っていた。窓の外はまだ暗いものの早朝、出勤中の車内だった。甲高いノイズとともにブレーキがかかる。電車が減速しながらホームに滑りこむ。

ほどなく停車した。どこだろうと思っていると、大勢の乗客たちが降りていった。私服姿であっても、一見してみなキャストとわかる、そんな人々だった。

ホームのアナウンスがきこえてきた。「舞浜。舞浜です」

環奈はあわてて立ちあがり、ドアへと駆けていった。ホームに降り立つや、入れ替わりにスーツの集団が整然と電車に乗りこむ。都内に向かうサラリーマンの群れだった。

まだぼうっとしながら改札を抜ける。夜明け前のペデストリアンデッキを渡った。階段を下り、歩道をキャスト専用ゲートへと急ぐ。

さっき夢のなかで、キャストたちの雑談や笑い声をきいた。単純に車内のざわめきが耳に入っただけだ。環奈に向けられた嘲笑《ちょうしょう》ではない。誰も環奈のことなど眼中にない。私服姿では胸にバッジをつけていない。アンバサダー候補とわかるはずもなかった。

それでも夢に見た光景を思いだすと、冷や汗が滲《にじ》みだす。人前に立つ経験には乏しい。声がでなくなってもおかしくない、そう感じる。やはり無理なのだろうか。アンバサダーに向いているはずもない。

ワードローブビルでコスチュームに着替え、清掃用具を手にオンステージへと向かう。けさのロケーションはシンデレラ城前広場だった。ゆうベトレーナーの吉島から、シンデレラ城前に集合と伝えられた。あの夢を見た原因のひとつかもしれない。

まだゲストの姿はないが、特設ステージには照明が灯《とも》り、音楽が流れていた。ダンサーがリハーサルをおこなっている。

センターに立つのは桑島奈々未だった。やはり見た目も動きもとびぬけて美しい。奈々未がいるだけで舞台上が華やかになる。誰も彼女の存在を無視できない、そんな威風堂々たる貫禄《かんろく》に満ちている。

眞結香が気怠《けだる》そうに歩み寄ってきた。「おはよ」

「おはよう」環奈は応じた。

「ダンサーは朝から元気だね」

「ほんと。特に桑島さん……。まるでアイドル。まちがいなく次期アンバサダー」

「はあ?」眞結香は環奈の胸のバッジを指で弾《はじ》いた。「そんなことないって否定してほしいんでしょ。インスタで自撮りをあげて、ブスだから辛《つら》いとか、そんな文章を添える手合いと同じ」

「ちがうよ。ほんとにそう思ってるんだって」

「アンバサダー研修も三週めだっけ?　かなりさまになってきてるんじゃない?」

逆だと環奈は思った。日を追うごとに自信が失われる。それが偽らざる本心だった。正社員から準社員まで、関係者はみな奈々未が次期アンバサダーだと予想している。研修など意味があるのかと疑いたくなる。

眞結香がぶらりと歩きだした。「居残りゲスト、あれ以来消えたみたいだね。追いかけまわされて、さすがに翌日にはでていったみたい」

「でも」環奈は眞結香に並んで歩いた。「結局あの夜は見つからなかったんだよね？」

「そう。警備会社が防犯カメラをチェックしたけど、どっかに隠れちゃったみたいで」

「警察は来たの？」

「パトカーが来たらしいけど、もともとパーク内の居残りゲストについては、本社の責任で捜索することになってるんだって。そりゃそうだよね。お巡りさんが何千人いたって足りないもん」

「なんで三日以上もパーク内で寝泊まりしてたんだろ」

「そりゃ入場料を浮かすためでしょ。いいおっさんがずうずうしいよね」

いまでもまた現れるのではと、夜間の警備が強化されている。しかし現状、潜伏者は姿を見せていない。さすがにもう居残ってはいないのだろう。

あの人物はリュックに寝袋を詰めて持ちこみ、ジャングルクルーズの川沿いに野宿していたらしい。そのわりにはなぜか、ファンタジーランド周辺の防犯カメラのみに映っていた。夜中にわざわざ警備の目を盗み、パーク内を散策したのか。ショップやバックステージに入りこんだ気配はない。

トレーナーの吉島の声が呼びかけた。「集合」

朝礼の時間になった。環奈と眞結香は歩を速めた。青と白のコスチュームが一か所に集まりだす。街路灯のみがおぼろに照らす、まだ暗い広場の片隅だった。輝かんばかりのステージとは雲泥《うんでい》の差がある。

いちいち意識しなくていい。環奈は心の細りがちな思考を頭から閉めだした。清掃のバイトで報酬を受けとっている。いまはこれが仕事だ。

発声

正午過ぎ、アンバサダー候補のうち六人がキャスティングセンターに集められた。いくつかのグループに分けたうえで適性をみるらしい。環奈は自分と同じグループのなかに、桑島奈々未がいないことを知り、ほっと胸を撫《な》でおろした。彼女のスター性なら、けさ充分まのあたりにした。これ以上自信を失いたくない。

本社から来た大勢のスーツらが、何列ものパイプ椅子《いす》を埋め尽くす。その前方に少し高さのある舞台が設けられていた。アンバサダー候補者たちは壁ぎわの椅子に座らされている。ひとりずつ順に舞台に立ち、それぞれの特技を披露することになった。

アカペラで歌う候補者が多かった。ダンスも何人かいた。自分の番が迫るにつれ、環奈の心拍は激しく波打ちだした。鼓動《こどう》が内耳《ないじ》に響いてくるほどだった。てのひらは汗びっしょりになっている。

緊張感が募るばかりではない。環奈を意気消沈させるものも目に入った。アンバサダー候補者の得点順位が貼《は》りだされている。現状のトップはやはり桑島奈々未。最下位は永江環奈だった。いまこの場に集められたのは、下位六名のグループだとわかる。やはりカストーディアルキャストは不利だ。青と白のコスチューム自体が可愛《かわい》くない。やっていることも清掃のみ。パーク内をパレードで一巡するわけでもなく、正社員にアピールできる機会もない。

「次」正社員の声が飛んだ。「次のかた。永江環奈さん」

身体じゅうに電気が走ったかのようだ。環奈はびくっとしながら立ちあがった。

「は、はい」

小走りに駆けだそうとして、研修で習った歩き方を思いだす。かろうじて背筋を伸ばし、優雅な歩調を心がける。足がもつれ転倒しそうになった。

なんとか舞台に上がると、正社員らに向き直り一礼した。

上半身を起こしたとき、環奈はすっかり固まってしまった。なんとか笑顔は取り繕っている。しかしぎこちなさは鏡を見るまでもない。手の震えがおさまらなかった。いま自分の置かれた状況が、奇妙に現実感を欠き、夢か映像でも見ているような気分にさせられる。

正社員らの鋭い目つきが、こぞって環奈ひとりを注視する。環奈が喋りだすのをまっている。なにかいわねばならない。けれども声がでない。けさの夢とまったく同じだった。話すべき言葉も頭に浮かばない。夢とちがっているのは、聴衆がざわめかないことだ。誰もが沈黙したままだった。それがさらに緊張を途方もなく高める。際限なく心が追い詰められる。

柔道部員のような猪首《いくび》の正社員、逸貴《いつき》が舞台のわきに立っていた。静寂がつづくと、逸貴が咳ばらいをした。「自己紹介を」

「……はい」環奈は震える小声を搾《しぼ》りだした。「カ、カストーディアルキャストの永江環奈、十九歳です」

「きこえない」逸貴が苛立たしげにいった。「もっと大きな声で」

「カストーディア……カストーディアルカ……。あの、カストーディアルキャストの……」

「自分の名前ぐらい、はっきり発音できないのか」

視線がさまよった。青と白のコスチュームはほかにいない。清掃員がこんなところで、いったいなにをしているのだろう。とても耐えられない。

ふと気づいたときには、おぼつかない足どりで舞台を下りていた。ざわっとした驚きの反応がひろがる。もう誰とも目を合わせられない。環奈はドアに向かいかけた。すると正社員のなかから、レディススーツがひとり立ちあがった。アラフォーっぽいが、大きくつぶらな目のせいだろう、顔の印象だけならもっと若く見える。ディズニールックのごとく、髪を肩にかかるていどに切りそろえている。ただし色白で日焼けはしていないため、現役のキャストではないとわかる。それでも引き締まった身体は、アスリート出身を思わせるスポーティーさに満ちていた。

「まって」女性は環奈の前に立ちふさがった。「あなた、お名前は？」

環奈は女性を見かえした。正社員に特有のきりっとした顔。やはり直視できない。うつむきながら環奈はささやいた。「あ、あの、わたしは……」

「わたしは後藤《ごとう》由美子《ゆみこ》。あなたは？」

この女性も後藤というのか。投げかけてくるまなざしに穏やかないろが宿る。さっきまでの緊張が、少しずつ和らぎだした。

小声でならなんとか応じられる、ようやくそんな気がしてきた。依然として震える声でいった。「永江環奈です」

「そう。じゃ永江さん、もういちど自己紹介して」

舞台のわきで逸貴が苦言を呈した。「彼女は自分で舞台を下りたようだが。棄権《きけん》と解釈していいのか？」

すると正社員のなかから、男性のほうの後藤が立ちあがり、逸貴に弁明した。「永江さんはいったん舞台袖《そで》にはけて、最初からやり直そうとしただけです」

逸貴は環奈にたずねる目を向けてきた。「永江さん。そうなのか？」

由美子が環奈の耳もとに鋭くささやいた。「返事して」

「はい」環奈はうわずった声で応じた。

腑に落ちない顔の逸貴が、後藤大輔《だいすけ》に向き直る。「じたばたしたぶんは、確実にマイナス査定になるぞ。彼女の場合、すでに最下位だ」

「だからってチャンスをあたえないのはおかしいです」後藤大輔が譲らない姿勢をし

めした。「カストーディアルキャストからのエントリーは史上初ですよ。ショーやパレードの出演者でもないんだし、大目に見てあげるべきでしょう」

環奈は驚いた。後藤大輔はどこか頼りなげで、体育会系の逸貴に頭があがらない、そんなふうに勝手に思いこんでいた。けれどもいま彼は逸貴に意見した。

後藤大輔が後藤由美子を振りかえった。自然な微笑とともに片手で合図をする。由美子も同じように合図をかえした。現場のキャストがよくやる、こなれた意思の疎《そ》通《つう》に見えた。

正社員どうしにしては、ざっくばらんな態度をしめしあう。環奈は由美子にきいた。

「あの人も後藤さん……」

「夫だし」

環奈は驚いた。「マジですか？」

由美子が歩きだした。環奈を舞台にいざないつつ、小さな声で告げてきた。「ふたりともキャストだったの。本社は職場結婚禁止ってわけじゃないし」

いまは夫婦揃って正社員か。そんなこともあるんだな、環奈はそう思った。ふしぎなことに、さっきよりは気持ちが落ち着きだした。手の震えもない。なんとかいけそうな気がする。

環奈は壇上に戻った。由美子が席へと引きかえしていく。座る直前、がんばってと目で伝えてきた。

ふたたび正社員らの視線が環奈に集まる。張り詰めた空気が漂う。環奈はまたひるんでしまった。臆《おく》するつもりはなくとも及び腰になる。なにもかも不可抗力に思えてくる。

ささやきのような声を環奈は口にした。「カストーディアルキャストの永江……」

失望や落胆の反応がひろがるなか、後藤大輔が腰を浮かせた。「永江さん。きみ、部活で声をだしたことは？」

高校のボルダリング部では、黙々と壁を登るばかりだった。けれども中学校で、テニス部のベンチ用員だったころを思いだした。環奈はうなずいた。「あります」

「ならそのときのまま声を張りなよ。一語一句、当時のままでいい」

「当時のままって……」

「部活のかけ声か声援か、とにかくそのまま再現するんだよ。僕が手を叩《たた》いたら、腹から声を搾りだして。さあ、はい」

ぽんと手が叩かれた拍子に、環奈は大声で怒鳴った。「北中ファイトファイトー！」

静まりかえった室内に、自分の声は思いのほか騒々しくこだました。正社員らは全身を痙攣《けいれん》させた。両手で耳をふさぎかける姿も、そこかしこに見かけた。けれども環奈は発声のさなか、けっして気後れはしなかった。物怖《ものお》じして声量を小さくする、そんな衝動が起きることはなく、最後まですんなり発声できた。

室内はざわついた。正社員らが苦笑に似た笑いを浮かべ、互いを見つめあっている。それがなにを意味するのか、環奈にはぴんとこなかった。

壁の内線電話が鳴った。逸貴が受話器をとった。「はい。……そうです、キャスティングセンターの中会議室ですが。大変申しわけございません。……はい、以後注意します」

受話器を戻すと、逸貴が舞台に歩み寄ってきた。「技術本部のオフィスにいる役員からだ。部活の応援みたいな声がきこえたが、なにをやってるのかと」

正社員のひとりが目を瞠《みは》った。「技術本部？　隣りどころか、斜め向かいの別棟じゃないですか」

「そうだ。団体で来た学校の応援団あたりが、またパーク内で悪ふざけをしたと思ったらしい。役員はああいう声に敏感だ。雰囲気が壊れるからな」

後藤大輔は笑顔を向けてきた。「永江さん、やればできるじゃないか。いまの声は百メートル先のビルのなかまで届いたんだよ」

そうなのか。自分ではそこまでに思えないが、正社員らの反応を見るかぎり、たしかに予想外の声量だったのだろう。気恥ずかしくはあるものの、発声それ自体を悔いることはなかった。全力での声援をためらってはならない、部活でそのように強く刷りこまれたせいかもしれない。

すると後藤大輔が穏やかに助言した。「そこまで声を張らなくていいから、ふつうに自己紹介してみて」

なにかが吹っきれた気がした。環奈はうなずいた。研修で教わった笑顔の作り方と、アンバサダーらしい立ち方を心がける。今度こそ胸を張り、環奈は自分の声を響かせた。

「カストーディアルキャストの永江環奈、十九歳です。よろしくお願いします」

正社員のなかから拍手が起きた。後藤由美子も手を叩いていた。環奈はほっとして笑った。やっと心の奥底から笑えた。少しずつ自信が芽生えだした。

逸貴がきいた。「特技は？」

ふいに戸惑いがひろがる。環奈はつぶやいた。「特技ですか……」

「オンステージでの活動でいい。ここで再現してほしい」

「ええと、あのう、落ちてるレシートをダストパンにおさめるのは得意です」

「やってみせてくれ」逸貴が部屋の後方に呼びかけた。「ホウキとチリトリあるか」

別の正社員がロッカーから掃除用具をとりだし、舞台に運んできた。

環奈は恐縮しながらも要求した。「レシートも……」

正社員が財布からレシートを一枚引き抜き、舞台上に横たわらせた。

ごくふつうのホウキとチリトリだった。トイブルームとダストパンとは使い勝手がちがう。環奈は左右の手にそれらを持ち、レシートに近づいた。「いちいち身をかがめると、時間もかかるし、ゲストにもぶつかってしまいます。レシートは掃こうとしても、うまくダストパンにおさまらないので、こういうときには……」

片足を浮かせ、ホウキのブラシの先端を、靴の頭にこすりつける。足をついたままでは静電気が逃げてしまう。ブラシを帯電させたうえでレシートに近づける。するとレシートが浮きあがり、ブラシに吸いつく。ホウキを瞬時に持ちあげると、レシートは低く宙に舞った。そこをさっとホウキでチリトリにおさめる。

「……以上です」環奈は一礼した。

正社員らは腰を浮かせ、眉《まゆ》をひそめながら壇上を見つめていたが、やがてため息とともに座り直した。誰かがぼそりといった。「地味」

逸貴が顔をしかめつつ唸《うな》った。「特技と呼ぶにはあまりに弱い。ダンスは踊れないのか？」

環奈は首を横に振るしかなかった。「体育の授業で習っただけなので……」

後藤大輔が軽い口調でこぼした。「気にしないで。桑島奈々未さんも、この場でホウキにレシートを吸いつけろといわれたら、いきなりはできないよ」

思わず笑みがこぼれる。ほかの参加者らも笑顔になっていた。後藤夫妻は環奈を気遣ってくれている。

だが逸貴はむすっとしたままだった。「桑島なら、練習すれば三十分とかからず、ホウキの掃き方をマスターするだろう。永江は同じ時間で桑島のようには踊れない。なにかほかに特技はないのか」

環奈は当惑しながらも、ホウキを床に倒した。足で蹴《け》って起きあがらせ、柄を手でつかむ。「これもできるんですけど、やっちゃいけない規則なんです」

「当然だな。カストーディアルキャストとしちゃ行儀が悪すぎる」

年配の社員が発言した。「カストのなかにも、大道芸みたいな技を見せる連中がいるじゃないか」

逸貴が否定した。「あれはファンカストです。コスチュームは同じでも別セクションになります」

「この際だから、彼女にはそういう特技の披露を、パーク内での勤務中にも認めようじゃないか。でないとダンサーと比べられるのは、あまりに不利だよ」

バックステージのアナウンスがかすかにきこえてきた。「パレード開始十分前です。テン・ミニッツ・プリーズ」

正社員たちがざわめいた。みな腕時計に目をやる。逸貴も同様だった。「予定時間を超過しました。つづきは次のグループと合同でおこなうか、ほかに機会を設けるものとします。ではみなさん、きょうこの場はこれまで」

誰もが席を立ち、ドアに向かいだす。環奈は壇上で途方に暮れていたが、逸貴に目でうながされ、そそくさと舞台から下りた。

後藤大輔が近づいてきた。「よかったよ。きみには度胸がある。これで首の皮一枚つながった」

ところが後藤由美子は浮かない顔で歩み寄ってくると、すかさず夫に抗議した。

「サポートが中途半端《はんぱ》。一芸に秀《ひい》でてなきゃいけないって方向に持っていかれたでしょ」

大輔は心外だという表情になった。「そこは仕方ないだろ」

由美子が不満をあらわにした。「永江さんはカストーディアルキャストなんだから、日々の苦労をスピーチさせるとか、そのほうが正社員の情にうったえられたのに」

「ああ」大輔が神妙にうなずいた。「そうかもね……」

「なのにきょうの流れじゃ、レシートを吸いつける以上の技を期待されてる」

　環奈は驚いた。「そうなんですか?」

「そうなの」由美子が語気を強めた。「役員が許可したからには、ここでのお披露目だけじゃなくて、常時ゲストを楽しませられる技でないと……。カストには無理難題だけど、なにせ競う相手がトップダンサーとかだし」

　また見通しが暗くなった。環奈はため息まじりにいった。「レシートを吸いつけるのが唯一《ゆいいつ》最大の特技だったんですけど」

「困ったね」由美子が同情のいろを浮かべた。「ファンカスト並みの芸をおぼえるには、日数がまるで足りない」

　後藤大輔が腕組みをし、環奈をじっと見つめてきた。「ワールドバザールのマジックショップにでも行ってみたら?　なにかヒントになるかも」

マジックショップ

ワールドバザールにあるクラブ33の隣り、マジックショップに足を運ぶのは、研修以来二度めだった。前はろくに店内を見てすらいなかった。ショーウィンドウのなかでは、マジシャンに扮《ふん》したミッキーの人形が、横たわるミニーの人形を宙に浮かせている。ヴィクトリア様式の洒落《しゃれ》た店頭ながら、門口の狭い小規模ショップという印象ではある。とはいえ内部ではゲストらを集め、それなりに賑《にぎ》わっていた。

ここのマーチャンダイズキャストは、青ジャケットに赤のリボンというコスチュームを身につけている。入って左手のカウンターに、ナチュラルボブの女性キャストがいて、ガラスケースのなかに商品を陳列していた。ずっと店内に引っこんでいるから か色白だった。

「あのう」環奈は声をかけた。

女性キャストが視線をあげた。胸の名札プレートにはＳＡＴＯＭＩとある。年齢は環奈と同じぐらいに思えるが、胸にトレーナーピンが光っていた。美少女然とした面立ちながら、なぜかスマイルを忘れている。仏頂面《ぶっちょうづら》のままサトミがきいた。「清掃ですか？」

カストーディアルキャストのコスチュームで来店したからだ。環奈は否定した。

「いえ。午後のシフトまで間があるので。ここ、マジックの道具を売ってるんですよね？」

変わったキャストだといいたげな目で、サトミが環奈を見かえした。「物販は奥のレジで対応してます」

環奈は店の奥を眺めた。カウンターのなかに立つ別の女性キャストが、ゲストらに呼びかけている。「マジックをやりまーす。みんなこっちに集まってねー」

ゲストの子供たちがわらわらと群がる。この女性キャストはディズニースマイルを絶やさず、喋り方もキャストの基本的な発声を忘れていなかった。「これは魔法の本です。ぱらぱらっとなかをお見せします。どのページも真っ白ですけど、おまじないをかけると……」

ノートサイズの本をいったん閉じ、ふたたびぱらぱらめくっていくと、すべてのページにミッキーやミニーの絵が出現していた。女性キャストがクレヨンの箱をとりだし、なかを開ける。中身は空っぽだったが、閉じてから開けるや、クレヨンがぎっしり詰まっていた。クレヨンの箱を閉じた本の上で振る。またページをぱらぱらめくると、驚いたことに全ページの絵に色が塗られていた。

子供たちが驚きの声をあげる。女性キャストは呼びかけた。「もっと前に来て、近くで見てください」

　次いで女性キャストは、ミッキーのかたちをしたスポンジを子供に握らせ、それが増殖していくというマジックを演じた。さらに感嘆の声があがる。環奈もいつしかパフォーマンスに魅了されてしまった。単純な性格を自覚しながらも、気づけば子供たちに交ざり、かなり前のほうで見物していた。

　小さな金属容器のなかで、五枚の百円玉がでたり消えたりする。トランプを見ずにいいあてる。女性キャストはずっと喋りまくり、子供たちを飽きさせない。と同時に突っこむ隙《すき》もあたえない。

　すさまじい早口で女性キャストがいった。「こちら三点セットは練習がいらず、すぐにマジックをお楽しみいただけます。もうひとつ最後に、少し練習のいる魔法のステッキをご覧にいれます」

　プラスチック製のステッキは半透明で、内蔵されたＬＥＤライトが七いろに光る。柄の部分にミッキーの顔がついていた。女性キャストはステッキを片手に、カウンターのなかでわずかに下がり、踏み台の上に立った。

　女性キャストが両手を前に突きだし、左右に振った。子供たちがどよめいた。縦になったステッキが、女性キャストの手を離れ、空中を飛びまわりだした。手からの距離は数十センチほど、女性キャストの身体の周囲に浮き、激しく前後左右に移動する。マジックをあまり観《み》た経験のない環奈は、ただ茫然《ぼうぜん》とふしぎなパフォーマンスを見守るしかなかった。

これはいい、環奈はそう思った。ステッキでなくトイブルームでも応用できるだろうか。ファンタジーランドを清掃作業中、ホウキを宙に浮かし、自由自在に操る。そんなことができたら、きっとゲストは大喜びだろう。

女性キャストが両手を振りあげると、ステッキはひときわ高く飛んだ。それを右手でつかみとり、女性キャストがにこやかにいった。「付属の説明書をお読みになって練習されますと、みなさまにもできるようになっております。ただいまご覧いただきましたマジック、みなさまの後ろの棚にございます」

ショーの終了とともに子供たちが散っていく。環奈はふらふらと棚に引き寄せられた。くだんのステッキが数十本も立ててある。一本を引き抜いた。ずいぶん軽い。チープな玩具《おもちゃ》そのものに見えるが、パフォーマンスはまさしく魔法だった。これで道が開けるかもしれない……。

トイブルーム

「えーん」環奈はバックステージのベンチにおさまり、ひとり嘆いた。「詐欺《さぎ》じゃん、こんなの」

手もとにあるのは、マジックショップで買ったプラスチック製ステッキ。半透明で、ＬＥＤが内蔵されているものの、ただの軽い棒。タネといえば、ステッキのなかほどに結わえられた釣り糸のみ。直径三十センチほどの輪になっていて、そこにあやとりのように右手の中指を引っかけ、遠心力で振りまわす……。要約すればそれだけのことでしかない。

釣り糸が陽光を反射し、くっきりと目に見える。どうりで店の奥の暗がりに引っこんで演じていたわけだ。白昼の演技にはまるで向いていない。どんなにすばやく動かそうが、釣り糸が丸見えの状態がつづく。

きっと子供に馬鹿《ばか》にされてしまう。シーのマーメイドラグーンシアターで、セバスチャンを操っている人以上に、冷たい目を向けられる。いやシーのショーは最終的に、完成度でゲストを圧倒するではないか。これはどうか。釣り糸でホウキを振りまわす。

意味がわからない。危険だし、正社員から注意を受ける。悪くすれば仕事をクビになるかもしれない。

深くため息をついた。宙に浮くトイブルームを魔法のように操り、ゲストたちが拍手喝采。数分前に思い描いたばかりの、理想の未来図が、脆《もろ》くも崩れ去っていく。

そのとき誰かの手が伸びてきて、いきなりステッキをひったくった。

環奈は驚いて顔をあげた。目の前にマジックショップのマーチャンダイズキャスト、サトミが立っていた。

依然として仏頂面のサトミが、環奈の胸もとを一瞥《いちべつ》した。「あー。アンバサダー候補……」

「な、なに？」環奈はきいた。

「この手品を買って、ホウキで同じことができれば、ゲストの注目を集められると思った？」

図星だった。環奈は顔から火がでる思いとともに、あわてて否定した。「そ……そんなこと思ってない」

「ふうん」サトミはステッキを手にしたまま、後ろ向きに遠ざかった。数メートル離れた場所で、ステッキを縦にかざす。

次の瞬間、ステッキはサトミの前に浮かびあがった。文字どおり空中に静止している。ふしぎだった。サトミは両手を動かしている。なのにステッキは支えもなく、一か所に留《とど》まったままだ。

ステッキが左右に動きだした。最初はゆっくり、しだいに速度があがる。さっきマジックショップで観た演じ方とは根本的にちがう。遠心力を頼っているようには見えない。抜群の安定感だった。サトミは最小限の動作で、ステッキを前後左右に飛びまわらせる。驚いたことにステッキはサトミの背後にまわった。サトミは優雅に身体《からだ》を回転させた。ステッキは彼女と戯れるがごとく、身体の周囲を無造作に飛行しつづける。

環奈は呆気《あっけ》にとられた。サトミが遠ざかったのは、むろん釣り糸が見えなくなる距離を、適切に把握しているからだろう。それにしても驚異的なパフォーマンスだった。マジックショップで女性キャストが演じたときには、タネがわからないまでも、糸と遠心力の存在をなんとなく感じた。しかしいまサトミの動きは、ステッキに糸がついていた事実すら忘れさせる。彼女の周りに、目に見えないパワーが宿り、ステッキを自在に操っている。そうとしか考えられなくなる。

ステッキがふたたび空中に静止し、サトミがそれを右手でつかんだ。バトントワリングのようにくるくると回し、小脇《こわき》にはさむ。あいかわらず笑みひとつ浮かべず、サトミが歩み寄ってきた。

環奈は立ちあがった。「すごい……」

サトミがステッキを手渡してきた。「これは練習がいるって、キャストがいってたでしょ。説明書をよく読んで、練習に次ぐ練習」

「あなたは……トレーナーなの？」

「ちょっとちがう。マジック商品メーカーから派遣されてるの。役職としてトレーナーになっただけ。キャストに実演を教える立場だから」

ふたたび名札プレートに目が向く。環奈はつぶやいた。「サトミさん……」

「里見《さとみ》沙希《さき》。あなたは？　ナガエさん？」

「永江環奈。ねえ、いまのどうやったの？　一本しか釣り糸がないのに、なんで宙に浮かんだまま止まってた？　ゆっくり動いたり、速く飛んだり……」

沙希はため息をついた。「この商品、いちばん返品率が高いんだよね。こんなのできないとか、それこそ詐欺だとかいってくる」

わかる。いまの沙希のパフォーマンスを観なければ、環奈もだまされたという思いをひきずるところだった。

「ごめんなさい」環奈は失意とともにささやいた。「努力してもいないのに道具のせいにして」

　すると沙希の表情がかすかに和らいだ。「ま、ゲストの苦情もわからなくもないけどね。みんな学校の教室で、お楽しみ会に演じたいんだろうけど、ばれないのはまず無理だし」

「マジックのタネを買って、たちどころに問題が解決だなんて……。そんなことあるわけないよね」

「まってよ。ひょっとして深刻な悩み？」

「いえ……そのう」

「隠さないでよ」沙希はベンチのわきに目を向けた。立てかけてあったトイブルームをとりあげる。「ああ。これも思ったより軽いんだね」

「軽くなきゃ夏場なんかとても仕事にならない。長時間ずっと清掃してると、このていどの重さでも、かなり筋肉がついてくる」

「へえ」沙希はトイブルームを横にし、人差し指に載せ、左右のバランスをとりながらいった。「このへんが重心か。ここに糸の輪をつければ、同じことができる」

「もういいよ……。いろいろありがとう」

「あきらめるの？　いま商品を買ったばかりなのに？」

「返品しないから安心して」

沙希がまたため息をつき、トイブルームを地面に突き立てた。「あのさ。自分の目的はちゃんと見えてる？」

「目的……？」

「トイブルームでマジックを演じて、アンバサダー候補として点数を稼ぎたかったんだよね？　だけど、もし完璧《かんぺき》にできたとしても、ゲストにそんなにウケないっての、わかってる？」

「え？」環奈は驚いた。「ウケないの？」

「当たり前じゃん。これパーク内のマジックショップで売ってるんだよ？　タネ知ってるゲストもそれなりにいるでしょ」

「あー。そうだよね……」

「問題はほかにもあるの。これディズニーランドのオリジナル商品って触れこみだけど、ほんとは古典的なマジックでね。ダンシングケーンっていうの。考案されたのは百年も前」

「そんなにむかしからあるの？」

沙希がうなずいた。「テレビのマジック番組じゃお馴染《なじ》みだし、ユーチューブにも動画がたくさんあがってるから、観たことあるって人も多いと思う。それにタネもなんとなく予想がつくでしょ。糸がついてて、勢いで振りまわすっていう……」

「たしかにそうだけど……。里見さんのパフォーマンスはそんなふうに見えなかったよ。ほんとに奇跡的」

「でもさっきぐらい距離をとって、近づかないでって警告しなきゃならない。マジックショーの舞台ならいいけど、パーク内じゃ環境に制約があるよね」

「やるだけ無駄ってことかぁ……」

「無駄とか、そういう話じゃないの」沙希が空を指さした。「永江さん。この曲知ってる？」

オンステージのＢＧＭが耳に届く。「『お砂糖ひとさじで』でしょ」

「『メリー・ポピンズ』は観た？」

「観てない……」

「マジで？」

「その映画の曲だってことは知ってる。魔法で部屋を片づける場面でしょ。カストーディアルキャストのテーマ曲みたいなものだって、研修でいわれた」

「アニメの『ファンタジア』は？　観た？」

「そっちも……」

沙希はあきれた顔になった。「オリエンテーションで受講しなかった？　ディズニー・トラディションズってやつ」

「受講したよ。ディズニーの哲学とか」

「キャストはみんな、ディズニーの世界を現出してみせる役割。そこは理解してるよね？　カストのあなたがマジックをやるなら、それを踏まえなきゃ。『メリー・ポピンズ』や『ファンタジア』みたいに、魔法でお掃除するの」

「そんなのできるわけない……」

「永江さん。ホウキをダンシングケーンみたいに飛びまわらせたところで、なにを実現してるっていうの？　魔法が使えるなら、ホウキに触れずに掃除をやってのけて、初めてディズニーの世界じゃない？　ただタネのわからない、ふしぎな手品ができりゃいいってもんじゃないの」

　なるほど。沙希のいうことはもっともだった。得意げにマジックを演じただけでは、ファンカストの大道芸の劣化版にすぎないのかもしれない。カストによる魔法としては、手放しの掃除こそ理想的だろう。しかしそんなことは不可能だった。

沙希がきいた。「ふだんトイブルームをどんなふうに使ってる？」

「どんなって」環奈はトイブルームを受けとった。ダストパンも拾いあげる。「円を描くようにスイーピングして、集めたゴミをダストパンのなかにおさめて」

「へえ。身体を回転させて、あるていど遠心力で勢いをつけながら掃くんだね。ダンシングケーンの動きと共通点もある」

「なるべく速くゴミをとらなきゃいけないからね。位置を変えず、最小限の動きでゴミを集めるには、その場で回るのがいちばん」環奈はトイブルームを下に落とした。すぐに足で蹴りあげ、手のなかに戻す。

沙希がたずねた。「いまの技は？」

「やっちゃいけないっていわれてたけど、役員さんが許可してくれた。アピールの機会になるって。それでダンサーとの差が縮まるとは思えないけど」

「貸して」沙希が手を差し伸べた。ダストパンは地面に置く。ステッキから釣り糸をほどき、トイブルームに結わえつける。

至近距離だけに、釣り糸ははっきりと見える。しかし沙希は釣り糸を中指にかけ、トイブルームを遠心力で回転させた。糸が見えていることを除けば、トイブルームはまるで魔法をかけられたホウキそのものだった。

沙希が軽く手をひねると、トイブルームが地面を円形にスイーピングし、ゴミをダストパンにおさめる。トイブルームは地面に倒れたが、沙希は蹴って起こすや、釣り糸の輪に指をひっかけた。トイブルームは見えない力に引き寄せられたかのように、沙希の手中に戻った。

　恐るべき器用さだった。これで糸が見えなければ完全に魔法だ。環奈はつぶやいた。

「まるでマダム・フーチ……」

「喩《たと》えるにしてもハリー・ポッターはまずいでしょ。大阪じゃん。せめてヨーダとかにしといたら？」沙希はトイブルームをかえしてきた。「ダンシングケーンの応用だけでも、いちおう雑な掃除ていどはできそう。スイーピングが身についてるあなたなら、練習しだいでもっとできるだろうし」

「だけど練習したところで、糸は丸見えのまま」

「屋外用ストロング・インビジブルスレッドを使えばいい」

「なに？」

「プロマジシャン用の見えにくい糸。ディズニーランドのマジックショップじゃ売ってないけど、専門店にある。あるていど速く動けば、近くから見られてもばれない」

「へえ……」

「ただしそれを使っても、動きがダンシングケーンの亜流じゃどうしようもない。糸の張り方を変えなきゃ。アストロスフィアみたいに三点にして、一点はズボンのベルトに留めて……」

「ごめん。アストロなんとかってなに？」

「ゾンビボールみたいに球を浮かす手品で、棒じゃなくて糸を使って……。あー。アマチュアには通じないよね。忘れて。とにかくスイーピングに必要になる動きを、糸でどう操れるか、詳細に研究が必要」

「それって、わたしがマジックをやる前提での助言だよね？」

「ほかになにがあるの？」

「あのう……。自分でいいだしておいて情けないけど、やっぱわたしにこんな難しいことは……」

「タネのない大道芸をガチ練習するよりは日数がかからない。できるようになったら最高に効果的。わかる？　ファンカストじゃなくカストのあなたは、掃除もちゃんとしなきゃならないでしょ。マジックで実現できれば一挙両得。きっとゲストに愛される。アンバサダー候補としても飛躍できる」

たしかにゲストの心を惹《ひ》きつけるパフォーマンスになりうるだろう。沙希が演じれば、きっと人気を博す。けれども環奈には自信が持てなかった。「ばれない？　危なくない？」

「いいわけを探してるうちは上達しない」

「きいていい？」

「なに？」

「ありがたいとは思うけど……。なんでそんなに熱く指導してくれるの？」

「トレーナーだから。それ以前にマジシャンとしての誇りもあるし」沙希は語気を強めていった。「マジックは人を魅了するの。『バグダッド・カフェ』観てない？」

「それもディズニー？」

沙希はじれったそうに頭を掻《か》いた。「まずは今夜『メリー・ポピンズ』と『ファンタジア』を観てよ。話はそれから」

お砂糖ひとさじで

よく晴れた日の正午前だった。平日ではあっても、パーク内が徐々に混みだしている。イッツ・ア・スモールワールド前で、環奈《かんな》は清掃作業をおこなっていた。近くでは眞結香《まゆか》が雑巾《ぞうきん》でベンチを拭《ふ》いている。シニアキャストの久保もトラッシュ缶のゴミを回収中だった。

ゲストが右へ左へと通り過ぎていく。カストーディアルキャストのことなど、誰も気にとめない。

ＢＧＭが変化した。もともとパーク内の音楽は三十七分ごとにリピートする。『メリー・ポピンズ』の『お砂糖ひとさじで』が流れだした。

ワンマンショーのときがきた。心拍が加速していく。沙希の指導のもと、休憩時間も繰りかえし練習してきた、それでもまだ不安は消えない。人前で失敗したらどうしよう、そう思うと尻込《しりご》みしたくなる。

いや。すでにストロング・インビジブルスレッドが、トイブルームとベルトに結わえてある。パフォーマンスの準備は整っていた。あとはやるだけだ。

決心は固まった。環奈はダストパンを地面に置くと、直立体勢でトイブルームを突き放した。目に見えない糸が張り詰めるのがわかる。右手の親指、左手の中指を、それぞれ糸にひっかけた。両手を水平方向に回転させる。

「ちょ」眞結香が身体を起こした。「ちょっと！　なにそれ⁉」

真っ先に反応したのは同僚のカストーディアルキャストたちだった。シニアキャストの久保が、ぽかんと口を開けてこちらを見つめる。トレーナーの吉島も目を瞠《みは》っていた。

　トイブルームは環奈の手を離れ、円形を描くようにスイーピングしながら、地面のゴミを一か所に集めていく。環奈は笑顔を絶やさず、両手を練習どおりに動かした。複雑な糸の操作だった。トイブルームが地面を前方へと掃き、ゴミをダストパンにおさめる。傍目《はため》からは、手も触れずトイブルームが掃除をおこなっている、そんなふうに見える。

　ゲストの足がとまりだした。子供たちが駆け寄ってくる。糸を動作の範囲内に留めることで、たとえ子供が手を伸ばしても、けっして絡《から》まないようにする。両手をくるくると回せば、トイブルームは多様な掃きようを見せる。ひとつだけ取りこぼしたポップコーンの粒があった。環奈はこっそり糸を操り、トイブルームをパターゴルフのようにスイングさせた。ポップコーンの粒がダストパンに転がりこむと、ゲストに笑いと拍手が湧《わ》き起こった。

『お砂糖ひとさじで』は古い社交ダンス、ワンステップのリズムを刻む。環奈は曲のテンポに合わせ、トイブルームを踊らせつづけた。すべての動きは、環奈の体得したスイーピングの技術をもとに、沙希が考えた振り付けの連続だった。

沙希は斬新《ざんしん》な糸の張り方を案出した。大きく輪にした糸の一点が、スラックスのベルトに固定されているため、両手を糸にひっかければ、ホウキは観衆の予期しないほうへ動く。むろん遠心力も借りているが、ダンシングケーンほどおおげさに振りまわしたりしない。トイブルームは小刻みに動き、ゴミを少しずつ掃いて集める。

あたかもホウキが意思を持っているかのように操る、それがコツだった。パントマイムの技術も必要だと沙希がいった。環奈自身、トイブルームの動きにいちいち驚いてみせた。自分で操っているのではない、半ばそう信じこむことで、魔法に現実味を加える。気づけば群衆が膨れあがっていた。

小さな子供の声がきこえる。「見て！　あれ。お掃除してる」

母親らしき声が応《こた》える。「ほんとだ。ホウキがお掃除してるね。どうなってるんだろ、ふしぎ」

今度こそ夢ではない。すべては現実だった。それだけに冷静な自分がいる。キャストはパークの出演者だ。いまは魔法が使えるようになったカストーディアルキャストを演じている。

不具合を生じさせてはいけない。子供が手を伸ばそうとしたら、すばやい動きで寄せつけず、身体の向きごと変える。どこから見られてもだいじょうぶなように、絶えず動きつづける。一秒以上も静止すれば、たるんだ糸が至近のゲストの目についてしまう。

環奈の予想をはるかに超え、ゲストが大勢集まっていた。沙希の主張どおりだった。ただマジックを演じるだけの場合とはちがう。誰でも楽に掃除したいという願望を持っている。夢をかなえる魔法に、人々は強い関心を抱く。たとえそれがトリックであっても魅了される。そもそも魔法を信じようとする心理が、ディズニーランドのゲストには備わっている。

ゴミをあらかた掃き終えた。『お砂糖ひとさじで』の演奏も終了した。環奈はトイブルームをバトントワリングのように回した。たんなるポーズではない、ひそかに糸を巻きとってしまうためだ。ぴたりとトイブルームをとめ、深々と一礼する。

割れんばかりの拍手が鳴り響いた。環奈は啞然《あぜん》とした。ゲストばかりか、ショーキャストやセキュリティオフィサーまでが見物に加わり、笑顔で手を叩いている。ファンカストの山本もいた。侮《あなど》れないライバルが現れた、鋭い目つきがそううったえている。

ゲストたちが散っていくと、眞結香が興奮ぎみに駆け寄ってきた。「すごいじゃん！　いまのなに？　マジック？」

環奈は苦笑してみせた。「ちょっとしたパフォーマンス……」

「いつの間に練習したの？　ってかどうなってんの？　教えてよ」

久保も落ち着いた微笑をたたえながら祝福した。「おみごとです。アンバサダー候補として堂々たる演技でしたよ」

心が躍る。有頂天といってもいい。人に喜ばれるとは、なんて爽快《そうかい》なことだろう。子供たちの嬉《うれ》しそうな顔が忘れられない。ディズニーランドで働いている、いまこそ胸を張ってそういえる。

ただし全員が歓迎してくれるとはかぎらない。トレーナーの吉島の声が、背後から呼びとめた。「永江」

眞結香がひきつった笑いに転じた。久保は外国人のように、いたずらっぽく肩をすくめた。

環奈も苦笑してみせた。雷が落ちるかもしれない。それはそれでかまわない。カストーディアルキャストとして、アンバサダー候補に踏みとどまれる。ようやくその足がかりができた。

魔法

帰りの電車で毎日、環奈はくたくたに疲れきっていた。従来の清掃作業だけでも重労働なのに、三十七分ごとに流れる『お砂糖ひとさじで』のたび、見えない糸でトイブルームを操らねばならない。タネがばれないよう細心の注意が必要なうえ、掃除自体もきちんとこなさないと、ゲストに感銘を与えられないとわかった。パフォーマンスが終わった時点で、辺りに塵《ちり》ひとつ落ちていない、そんな状態にせねばならない。

ときおりパフォーマンスを休止したくもなる。けれどもここ数日、そうもいかなくなった。『お砂糖ひとさじで』の流れる時間が近づくと、環奈の周りに人だかりができるようになってきた。スマホカメラをスタンバイするゲストも急増した。子供たちの笑顔に囲まれたら、なにもせずに帰るわけにいかない。結局『お砂糖ひとさじで』が流れるや、環奈のショータイムは不可避となった。

混んでいる電車のなか、ドアのわきに寄りかかっていると、キャストらしき男子ふたりの声がきこえてきた。「最近『メリー・ポピンズ』の音楽でさ……」

「知ってる。カストーディアルキャストの子だろ？　こないだ初めて観た。すげえよな」

「ああ。なんていうか、純粋に観てて楽しい」

じわじわと喜びがこみあげてくる。男子らは環奈に気づいていないようだ。

男子のひとりが声を弾ませた。「見た目も案外、可愛《かわい》いよね」

予想外の褒め言葉。天にも昇る気持ちとは、まさにこのことだった。

もうひとりがささやいた。「アンバサダー候補らしいけど……」

失笑が耳に届く。男子の軽い口調が一蹴《いっしゅう》した。「さすがにそこまでは無理だよな」

持ちあげられて、ふいに手を放される。心が果てしなく落ちこんだ。疲労感も倍増した。

それでもめげずに翌日も、その翌日も、環奈はパフォーマンスをつづけた。マジック用品専門店から通販で買ったストロング・インビジブルスレッドは、まだたくさんストックがある。親指と中指の付け根が、絶えず糸にこすれるせいで、手を洗うたびひりつく。一日の終わりには血が滲《にじ》んだりもしたが、パフォーマンスは中止できない。とりわけ、回を重ねるごとに評判がひろがり、ゲストの数が膨れあがる現在《いま》は。

シフトがオープンキャストの日、夕方に仕事を終えた環奈は、バックステージのベンチでぐったりとしていた。きょうは小中学生の団体客が多く、パフォーマンスも大ウケだったため、張りきりすぎてしまった。トイブルームに手を伸ばしたがる子供もやけに多かった。さりげなく避けながらマジックをつづけるのに、ひどく神経をすり減らした。

もはや疲労困憊《ひろうこんぱい》、精も根も尽き果てていた。ゲストに喜ばれた以上、それなりの満足感はあるものの、ふと疑問が頭をもたげてくる。

なんのためにこんなことをやっているのだろう。もらっている時給は清掃作業の対価でしかない。パフォーマンスはアンバサダー候補として存在をアピールするための、いわばサービス残業だった。ところがいまとなっては、その残業が必須《ひっす》となっている。

掃除はきちんとこなさねばならない。ゴミが残っていれば、トレーナーからマイナス評価を受ける。ほかのカストーディアルキャストはみな、それだけを仕事にしている。一方ファンカストは、パフォーマンスのみが生業《なりわい》で、掃除はしなくていい。環奈ひとりが両方を求められる。サボることは許されない。

これでアンバサダーの座に近づけているのだろうか。ただの風変わりなファンカストと見なされているのではないか。事実そんなＳＮＳのコメントが散見される。ホウキを自在に操るファンカストさん。ふしぎ。何度観ても仕掛けがわからない。反応はたいていそのあたりに留まる。ネットに上がった動画も、ホウキしか映っていないことがしばしばある。環奈の顔はフレームインすらしていない。目新《めあたら》しさだけが売りの道化。そのうち飽きられ、見物人の数も減っていき、すべてが徒労に終わる。そんな未来がぼんやり見えてくる気がした。

母や姉が観たらどう思うのだろう。ふたりとも長いことディズニーランドに来ていない。環奈が働きだしてから、おそらくいちどもインパークしていない。母は清掃スタッフのバイトでしかない娘を軽蔑《けいべつ》している。さらに大道芸ときたのでは、イロモノ街道まっしぐらとみなすのではないか。

しょせんホウキとチリトリが商売道具だった。いかに人気を集めたところで、毎日きまった時間に義務づけられたトイレ掃除は免除されない。

日没後の蒼《あお》みがかった空が、漆黒《しっこく》に転じようとしている。そろそろ着替えねばならない。でも腰を浮かせられない。このまままどろみたくなってくる。

靴音をききつけた。眞結香の声がいった。「あ、ここにいた」

青と白のコスチュームがふたり、足ばやに近づいてきた。眞結香とシニアキャストの久保だった。

久保が穏やかな目で見下ろした。「お疲れのようですね」

「もう限界」環奈はベンチの背もたれに身をあずけた。「『お砂糖ひとさじで』がかかっても、ふつうに掃除したい。ゲストのブーイングを浴びてでも」

「それじゃみんながっかりですよ。正社員はゲストの失望を敏感に察知します。いままでの苦労が水の泡になります」

「だけど……。もう。久保さん、タネ教えるから代わってよ」

「私じゃ意味がありません」

眞結香が身を乗りだした。「マジでタネ明かししてくれるの？　なら教えて。わたしがやってあげるから」

　ぼんやりと考えた。眞結香は糸の操作の難しさを知らない。いちどでもパフォーマンスに失敗し、タネがばれてしまったら、たちまち動画が拡散する。ゲストが落胆するばかりではない。トリックを考案してくれた沙希にも迷惑がかかる。

　環奈は夜空を仰ぎながらつぶやいた。「タネは教えらんない」

「なによ」眞結香はふくれっ面《つら》になったが、すぐにまた笑いだした。「ま、そうだよね。あんな難しいこと、環奈じゃなきゃ無理」

「そんなこと……」

「ちがうって？　ならタネを教えてみせてよ。うまくやれない自信だったらある。アンバサダー候補の環奈だからこそ頑張れたんだよ」

久保がうなずいた。「私もそう思います。信念のなせるわざでしょう。毎回のパフォーマンスに鬼気迫るものを感じました」

そんなふうに意識したことはなかった。しかし振りかえってみると、たしかに不可能を可能にしたのかもしれない、そうも思えてくる。初めて沙希の実演を観たとき、同じことをやるなんて不可能だと感じた。それでも一歩ずつ着実に前進してきた。いつしかできて当たり前と考えるようになった。

アンバサダーへの道が長く険しすぎて、これぐらい序の口と信じるしかなかった。そんな心がまえで臨まなければ、なにも実現できなかった。最初の試練にしては難易度が高すぎるからだ。けれどもいまはっきりわかる。ゴールをはるか遠くと認識していたからこそ、あのマジックを実演できるようになった。やらなければなにも始まらなかった。自分でも気づかないうちに練習に没頭し、困難を乗り越えた。複雑な糸の操作、細かい振り付け、笑顔。すべてを同時にこなせるようになった。

眞結香が環奈の手をつかんで引いた。「行こ。見せたいものがあるの」

「なに？」環奈は顔をしかめてみせた。「きょうはもう仕事終わったし」

シニアキャストの久保が、やんわりと眞結香を諭してくれるだろう。そう思いきや、久保は意外にも眞結香に同調した。「永江さん、一緒においでください」

「なんで?」環奈は面食らった。「へとへとなんです。しばらくほっといてほしいんですけど」

「そうおっしゃらずに。こちらへどうぞ」

眞結香が環奈を力ずくで立たせる。環奈には意味がわからなかった。眞結香と久保は、環奈を建物のなかにいざなった。

カストーディアルキャストの事務室へと導かれた。室内はがらんとしている。遅番のクローズドキャストらは、とっくに出払っていた。ただしトレーナーの吉島が、ひとりデスクについている。吉島の険しい目つきが環奈を一瞥した。環奈があわてて頭をさげると、吉島は手もとの書類に視線を戻した。

冷や汗が滲む。最初のパフォーマンスののち、吉島からこっぴどく叱《しか》られた。清掃をなんだと思っている、そう怒鳴りつけてきた。無断のアトモスは、それ自体がルール違反とみなされる。むやみな集客行為も問題になると指摘を受けた。

正社員らが事務室を訪れ、環奈のパフォーマンスを絶賛したため、それ以上の小言はなかった。ただし吉島との関係は、なんとなく険悪になったように思う。このところの朝礼でも、吉島は環奈の目を見て話さない。直接の指示も下さない。いつも眞結香や串澤《くしざわ》を通じ、業務についての伝言がなされる。

環奈が気まずい思いで立ち尽くしていると、カストとは別のコスチュームが近づいてきた。「あらぁ、写真で見るより可愛い子じゃないの」

ピンクのコスチュームは、ワークルームキャストの証《あかし》だった。さまざまなコスチュームの制作を手がける、専門職の部署になる。いま環奈の目の前に立つワークルームキャストは、三十代半ばから四十歳、ロングヘアに濃いめのメイクを施しているが、どう見ても男性にちがいなかった。

心はおそらく女性であるワークルームキャストが、はしゃぐような裏声を響かせた。

「わたし、あなたの採寸に来たの。鵜野《うの》っていいます、どうぞよろしく」

「ど、どうも……」環奈は戸惑いがちにきいた。「あのう、採寸って……？」

「新コスチューム」鵜野はタブレット端末を差しだした。「これ、ＣＧで作った完成予想図」

メリー・ポピンズの白いドレスに、カストの青ジャケットを羽織らせたような、斬新なデザインの服だった。白のロングスカートとブーツを現代風にアレンジしながら、ジャケットにはトラッドスタイルをとりいれることで、新旧のファッションをうまくミックスしている。カストっぽさを残しながら、メリー・ポピンズの可憐《かれん》さも兼ね備える、まさに秀逸なデザインといえた。

「わあ」環奈はすなおに感動した。「すごく可愛い」

「でしょ？」鵜野が笑った。いっそう女性のような口調で鵜野はいった。「メリー・ポピンズの衣装は、西洋人のフェイスのキャストじゃなきゃ着れないって、本場のディズニーから駄目だしを食らったの。だから魔法使いの見習いがカストに加わったって設定で、最初からデザインし直してね。十回目でやっとオーケーがでた」

眞結香も微笑とともにうなずいた。「環奈って童顔だから、メリー・ポピンズの衣装のままだと似合わなかったかも」

「そう！」鵜野の声がひときわ高くなった。「細面《ほそおもて》で鼻筋の通った西洋人じゃないんだから、あなたにはこういう襟のほうが似合う。でも気をつけなさいよ。あなたみたいな子は油断すると太るから」

環奈は恐縮しながら応じた。「は、はい。……でも鵜野さん。こういう襟が似合うって、もしかしてこれ、一点ものですか？」

「当たり前でしょ。あなた専用の衣装よ」

「わたしの……」

「アンバサダー候補なのに、いつまでもほかのカストと同じコスチュームじゃ可《か》哀想《わいそう》でしょ。吉島さんが上とかけあって、予算を獲得してくれたの」

思わず言葉を失った。環奈は唖然としながら吉島を見つめた。デスクにおさまった吉島は、どこか居心地悪そうに書類をまとめると、それらを手に立ちあがった。

退室しようとする吉島に、環奈はおずおずと声をかけた。「あのう……」

吉島は立ちどまったが、いっこうに目を合わせようとしない。背を向けたまま吉島がいった。「きみがアンバサダーになれたら奇跡だ。それ以上にカストーディアルキャストの誇りになる」

環奈はうなずいた。「はい」

去りぎわに吉島はささやいた。「頑張れ」

返事をまたず、吉島はドアの外に消えていった。

沈黙がひろがった。環奈は眞結香に向き直った。眞結香は喜びをあらわにしている。久保も満足そうに微笑した。

心が弾んだ。疲れは完全に吹き飛んでいた。環奈は幸福感に胸を締めつけられた。トレーナーが後押しをしてくれていたなんて、こんなに嬉しいことはない。

鵜野がメジャーをとりだした。「両腕をまっすぐ左右に伸ばして。音《ね》をあげないでよ。あちこち細かく測らなきゃいけないんだから」

「はい」環奈は返事した。腕の重さなどまるで感じない。このまま羽ばたいて舞いあがり、どこかに飛んでいけそうだ。

変身

　新コスチュームは一週間で届けられた。環奈は鏡に映った自分の姿が信じられなかった。うぬぼれといわれようが、いまはかまわない。鵜野の作った衣装は、カストーディアルキャストがヒロインに成長する、その過渡期《かとき》を的確に表現している。未成熟な少女っぽさがたまらない。いますぐにでもオンステージにでたい。

　きのうまで環奈は、ロングスカートでも無理なく実演をこなせるよう、同じ丈《たけ》のスカートで練習してきた。スカートの裾《すそ》のひろがりにトイブルームが接触しがちで、糸を操るのも困難をきわめた。しかしスマホで自撮りをしながら、前とはちがうムービングを編みだしていき、なんとかパフォーマンスが可能になった。

　環奈は新コスチュームに身を包むや、まず真っ先にマジックショップに向かった。誰よりも沙希に見せたかった。ところが沙希は不在だった。ほかのキャストたちも実演販売に追われていて、声をかけられない。やむをえず環奈はワールドバザールをあとにし、自分の持ち場に戻った。

『お砂糖ひとさじで』が流れる前から、ファンタジーランドには黒山の人だかりができていた。環奈がトイブルームとダストパンを手に現れると、満場の拍手が迎えた。綺麗《きれい》、可愛いと女の子の声援が飛んだ。環奈は笑顔を保つよう努めた。いつしか場の主役になるのにも慣れてきた。しかもきょうはテンションが高い。新コスチュームが気分をこのうえなく昂揚《こうよう》させる。

いつもよりずっと多くのスマホカメラが向けられた。環奈はパフォーマンスを完璧にこなした。終わった直後も万雷の拍手だった。いままでとは異なり、実演の終了後も、ゲストらはなかなか立ち去らなかった。誰もが一緒に写真を撮ることを求めてくる。環奈はトイブルームの柄に巻きとった糸を、しっかり両手で覆《おお》い隠した。タネはけっしてゲストの目に触れさせられない。夢を壊してはならない。

新コスチュームになって以降、環奈のパフォーマンス動画は、さかんにネットにあがるようになった。しかも今度は顔までしっかり映っている。ワークルームキャストの鵜野は、メイク技術にも長《た》けていた。画面に映る環奈の笑顔はまるでアイドルだった。環奈の胸はさらに躍った。アトモスの主役。なし崩し的な出自であっても、いまや公認のパフォーマーとなっている。桑島奈々未《くわしまななみ》はエリートだが、叩《たた》きあげにはそれ相応の強さがある。そこが自信につながっていた。

ユーチューブには、あらゆる角度から撮られた環奈の姿が、無数に投稿されていた。どの動画も糸は映っていなかった。コメント欄には、マジックもすごいがキャストも可愛い、そんな感想がめだちだした。

ある日のネットニュースに「ＴＤＬのショーが熱い」との見出しがあった。掲載されている画像は二枚のみ。ステージ上で踊る桑島奈々未と、ホウキを自在に操る永江環奈だった。環奈は自分の目を疑った。ふたりとも実名は公表されていないものの、まるでツートップのような紹介のされようだった。

新コスチュームでのパフォーマンスを始めてから二週目、キャスティングセンターを訪ねたとき、環奈は絶頂に近い歓喜をおぼえた。

壁に貼《は》られたアンバサダー候補の得票順位。永江環奈はいつしか三位にランクされていた。

葛西《かさい》臨海公園

きょうもシフトはオープンキャストだった。環奈は夕方に仕事を終え、私服に着替えてから、バックステージのゲートをでた。椰子《やし》の木が立ち並ぶ片側二車線の道路をバスが行き交う。歩道を舞浜駅に向かい歩きだした。目の前を長身の男性の背が先行する。頭が小さく、肩幅があり、筋肉質だが着痩《きや》せする体型のようだ。テーラードジャケットがいい味をだしている。脚はすらりと長い。欧米人のキャストさながらに思えるが、黒髪から推測するに日本人だろう。

そう思ったとき、男性が気配を察したかのように、いきなり振りかえった。環奈はどきっとした。フォレストシアターのキャスト、藤崎亮汰《ふじさきりょうた》の涼しい目が環奈をとらえた。

「ああ」藤崎の小顔に微笑が浮かんだ。「永江さん。偶然だね」

「ほんとに」環奈は笑った。「偶然……」

そのひとことを強調したくなる。後ろを歩いていた以上、ストーカーだと思われたくない。

藤崎がきいた。「帰り?」

「そう。藤崎さんも?」

「オープンキャストだったからね」藤崎は歩きだした。「駅まで一緒に行こう」

「は……はい」環奈は急ぎ足で追いつくと、横に並んで歩調を合わせた。

「最近すごいいね」藤崎が歩を進めながら快活にいった。「すっかり人気者になってる」

「とんでもない。マジックがウケてるだけで」

「マジックショップの里見さんに習ったの？」

環奈はかすかに驚いた。「ええ。知ってた？」

「腕が評判になってたからね。短い期間だったけど、ランドとシーのキャストを大勢、マジシャンに育てていったよ。実演販売員って意味だけど」

「育てていった……？　もういないの？」

「ああ。マジック用品メーカーからの派遣だったし」藤崎は意外そうな顔を環奈に向けてきた。「知らなかった？」

環奈は茫然《ぼうぜん》としながら歩いた。沙希とはしばらく会っていない。最後に顔を合わせた日も、トイブルームを糸で操る練習に終始した。別れぎわの沙希に、いつもとちがうようすはなかった。

友達になりたかった。つまりまだ友達ではないと感じていた。環奈にとって沙希はマジックの先生でありつづけた。いずれトイブルームのパフォーマンスだけでも、それなりにこなせるようになったとき、沙希と対等な立場になれると信じていた。そうなったら心から感謝を伝えたい、そんなふうに思って努力してきた。

ところが沙希はふいに消えてしまった。存在自体がマジックのようだった。なぜ熱心に教えてくれようとするのか、環奈がたずねたとき、沙希は答えた。トレーナーだから。マジシャンとしての誇りもあるし。

魔法のステッキを買った環奈を、沙希はバックステージまで尾《つ》けてきた。興奮ぎみの環奈を心配してくれたのだろう。ダンシングケーンの実演は容易でない。環奈が商品のパッケージを開けたとたん、失意にとらわれることを、沙希は予測していた。

救いの手を差し伸べてくれたのは、トレーナーでありマジシャンでもある、そのプライドゆえなのか。そうだったとしても彼女はやさしかった。いつも環奈を気遣ってくれた。キャストは二万人。いろんな人がいる。彼女には彼女なりの人生があったのだろう。情を深く通わせられなかったのは残念だが、今後もパフォーマンスに精進することで、彼女の親切に報いるしかない。

階段を上り、ペデストリアンデッキを駅の改札へと向かう。藤崎がきいた。「家は東京方面?」

「いえ。市川塩浜駅……」

「そっか。まっすぐ帰る?」

「え?」環奈のなかに動揺が生じた。「どういう意味で?」

「どういう意味って、葛西臨海公園にでも寄らない?　永江さんは逆方向になっちゃうけど」

「こ、公園になにか用があるの？」

無粋《ぶすい》な質問だった。誘われているのはあきらかなのに、わざと遠ざけるような問いかえしでもある。本意ではないのに、つい口を突いてでた。環奈はひとりあわてた。

しかし藤崎はそんな環奈の混乱をよそに、穏やかに告げてきた。「キャストにとっての憩《いこ》いの場は、あそこしかないよ。都内に帰れば人混みばかりだし」

そうかもしれない。市川塩浜駅近くに住む環奈にとっては、葛西臨海公園といえば、小さいころの遠足の思い出しかなかった。それでもよく考えてみると、この辺りでＴＤＲを除き、あんなにのんびりできる環境は貴重かもしれない。

「行く？」藤崎がまたきいた。

環奈はうなずいた。なぜもっと積極的に、行きたい意思をあきらかにしなかったのだろう。そのせいで藤崎に質問を繰りかえさせてしまった。彼の気が変わって、やっぱり帰ろうといいだしたらどうする。

けれどもその心配は取り越し苦労に終わった。環奈は藤崎とともに京葉線の東京行きに乗った。茜《あかね》いろに染まる葛西臨海公園の芝生の丘を、ふたりで散歩した。

ＴＤＲと共通点は多い。開けた景色、豊かな緑、道沿いには椰子の木々が揺れている。肌に感じる潮風も同じだとわかる。とはいえまったく別の場所に来たようにも思えてくる。ほんのひと駅移動しただけなのに、ここはあきらかに東京都内の一角だった。海の向こうにビル群のシルエットが黒々と浮かぶ。無数の赤いライトが点滅する。ディズニーランドはこの景色が見えないようブロックしている。江戸川のこちら側には現実の風景がある。

　幻想からは遠ざかった。なのに環奈は夢のなかにいる気分に浸りきっていた。藤崎とふたりきりでいる。周りにもカップルがそこかしこに見えるものの、みな干渉しあわない。詮索《せんさく》もしない。ほの暗くなってきたおかげで、顔を見てとられる不安もなかった。

　巨大観覧車に映るネオンが、しきりにかたちを変える。近くに見える鳥かごのようなドームは水族館だった。そのわきの売店には、焼きそばと大書《たいしょ》された看板がある。優雅な風景なのに、雑多な要素を詰めこんでしまうあたり、上野動物園と似た空気が漂う。これが日本だった。なんだかかえってほっとする。

　藤崎がささやいた。「僕らには、ディズニーデートって楽しみがないね」

　環奈は笑った。「気にせずオフの日にインパするキャストも多いけど」

「そうだね。自分のロケーション以外ならかまわないのかもしれない。キャストにとってもミッキーはミッキーだし。でも僕は、なんとなく切り替えられなくて」

「わたしも。っていうか、ゲストとしてインパしても、カストがパークじゅうにいるから」

「落ち着かない？」

「ええ。ゴミが落ちてないかどうか、いつも地面を気にしちゃうし」

「偉いね」藤崎が見つめてきた。「ここも気になる？」

「いまはそんなに……」環奈は行く手に目を向けた。「ゴミ箱から空き缶もあふれてるし」

藤崎が苦笑した。「ほんとだ。ディズニーから一キロと離れてないのに、ずいぶんちがうね」

カラスの鳴き声が響いた。なにかが神経を逆撫《さかな》でする。ゴミ箱の近くに降り立つカラスを、環奈は遠目に眺めた。

やはりこの辺りにはカラスが多く生息する。わずかなゴミも見逃さない。ＴＤＲにかぎってカラスがいないのには、やはり理由が……。

ふいに藤崎が方向を変えた。「海辺へ行こう。こっちはなんだか雰囲気がよくない」

彼もカラスを疎《うと》ましく思ったらしい。環奈は藤崎にいざなわれ、東京湾を見渡せる広場に向かった。

ふたり掛けのベンチが空いていた。そこに並んで座った。夕闇《ゆうやみ》迫る海面が、一日最後の煌《きら》めきを放つ。遠方を船舶《せんぱく》がゆっくりと横ぎっていく。

藤崎が海を眺めながらいった。「カストって、雨の日でもベンチを拭《ふ》くんだよね。拭き掃除が無駄とわかっていても、壊れてる箇所がないかたしかめるために」

環奈は思わず笑った。「それ、なんの本に書いてあった？」

「なんだろ。元キャストの人が書いた……」

「泣ける本みたいなやつ？」

「たぶんそう」

「ああいうのって、けっこう歯が浮くようなこと書いてあるよね。そんなに素晴らしい人たちばかりなんだっけ。みんなバイトなのに」

「たしかに」藤崎も笑ったものの、真摯《しんし》なまなざしが環奈をとらえた。「きみの仕事は素晴らしいよ。カストはみんな偉いと思う」

「またぁ」環奈は照れ隠しに、職場の真実を口にした。「雨の日でもベンチを拭くのは、べつに無駄じゃないから。拭かないと汚れたままになるし」

「そうなの？」

「このへんって工場地帯の近くだし、自転車を雨ざらしにしとくだけでも、すぐ汚くなっちゃうでしょ。雨が降ってりゃ、かえって儲《もう》けもの。ベンチを拭くとき、濡《ぬ》れてるほうが汚れも落ちやすい」

「壊れてる箇所をたしかめてるっていったほうが、いいんじゃないかな」

「なんで?」

「彼氏にはきっと尊敬されるよ」

「……ならそうしとく」

控えめに笑いあったのち、沈黙が降りてきた。少しばかり肌寒くなった。海から吹きつける風が冷たい。環奈は両手を擦《こす》りあわせた。

すると藤崎がそっと手を添えてきた。

身体《からだ》の温かさが自然に伝わってくる。環奈はじっとしていた。なにも話すことはなかった。

藤崎が静かにきいた。「また一緒に来てくれる?」

環奈はうなずいた。いまだかすかに光を残す、霞《かすみ》がかった静かな海原を、ただ黙って眺めた。

居場所

藤崎とは駅で別れた。環奈は半ば夢見心地で帰路についた。

乗った電車が舞浜駅に停車するころ、徐々に幻想から醒《さ》めだした。市川塩浜駅でホームに降り立ったときには、すっかり現実に引き戻されていた。

楽しかった時間は終わった。いまは日常だけがある。

三階建ての狭小《きょうしょう》住宅に帰った。気づけばリビングでぼうっとテレビを観《み》ていた。姉の未穂がソファに身をゆだね、スマホをいじっている。

隣接するダイニングキッチンで、母の雪江が夕食を作っていた。フライパンで挽肉《ひきにく》を炒《いた》めながら、厚揚げを鍋《なべ》で茹《ゆ》でる。姉は手伝いに行かなかった。環奈も姉に倣《なら》った。親切心から手伝おうと申しでても、母は露骨に嫌そうな態度をしめし、娘たちを追い払う。小さいころからそうだった。ごく最近にもそんなことがあった。だから手伝わない。母と娘、双方とも共同作業を望んでいない。

姉の未穂がいった。「環奈」

「なに？」

「あんたの動画、バズってんじゃん」

「ああ……」

「すごいじゃん。あれＣＧとかじゃないよね？　ネットニュースの記事にもなってるし」

「ほんとにやってる」

「あれ糸でしょ」

「なにが」

「糸で吊《つ》ってる。それ以外に考えらんないし」

魔法と冗談めかしたところで、嘲《あざけ》るようなブーイングを浴びせられるだけでしかない。姉の反応なら予想がつく。環奈はそっけない返事をしてみせた。「知らない」

母が器をダイニングテーブルに運んだ。週に一回はでる、挽肉と厚揚げの味噌煮《みそに》だった。

未穂は声をかけた。「お母さん。環奈の動画観た？」

「なに？」母の顔はあがらなかった。テーブルに少量こぼしてしまった汁に、みずから眉《まゆ》をひそめる。気のないようすでつぶやいた。「動画って」

「環奈がホウキを操ってるの」

「知ってる」

「ちがうって。ふつうに掃除してるんじゃなくて、手を触れずに、ホウキが動くの。かなり話題になってんの」

「ふうん」母が布巾《ふきん》でテーブルを拭いた。「あんまりよくわかんないけど」

「いっぺん観てみればいいじゃん」

母は顔をしかめた。鼻を鳴らしていった。「なにやっても掃除スタッフは掃除スタッフでしょ」

未穂はかすかに表情を固くしたものの、それ以上はなにもいわなかった。母は料理を並べるのに忙しい。

疲れからか感情が鈍りがちになっている。自分がどんな気持ちかよくわからない。ただ理解しなくても衝動は起きる。環奈は立ちあがった。姉がぼんやりと見上げた。会話は必要なかった。環奈はドアを開け、階段を駆け上った。

母のじれったそうな声が一階から呼びかける。「環奈。ご飯は?」

自室に入ると、環奈は後ろ手にドアを叩きつけた。ベッドに潜りこみ、シーツを頭からかぶった。

暗がりのなか、気を鎮《しず》めようと目を閉じる。滲《にじ》みだした涙を誰にも見られたくない。

ほかに帰る場所がない、だから仕方なく帰っているだけだ。夢と魔法の国に生きている。本当の自分はそこにいる。

キャストイン

昼食はカリブの海賊の裏側にある、キャストインという食堂でとった。ふだんはあまり利用しないが、ほかのキャスト専用食堂が混んでいるせいだった。

食事をあらかた終えたころ、串澤が週刊誌を開いて差しだした。「見ろよ、これ。いよいよ始まった」

一緒にテーブルを囲む眞結香《まゆか》が週刊誌を手にとり、シニアキャストの久保にまわす。最後に環奈へと渡された。

見開きの記事内に、シーのプロメテウス火山の写真が載っていた。見出しは『カラスのいない東京ディズニーリゾートの謎《なぞ》』。小見出しに『銃声を噴火音でカモフラージュ？』ともある。

串澤が身を乗りだした。「俺のいったとおりだ。こりゃ会社ぐるみの隠蔽《いんぺい》だよ」

久保は渋い顔になり、首を横に振った。「誰でも想像できることです。カラスがいない、猟銃、銃声、シーの火山。思いついた人が、さも得意げにアピールしそうな持論でもあります」

　眞結香が退屈そうに鼻で笑った。「思いこみだけで記事にしちゃうってケースが増えてるよね。雑誌の売り上げが伸びればそれでいいんだろうけど」

「あ？」串澤がむきになる反応をしめした。「馬鹿《ばか》いえ。火のないところに煙は立たないんだよ。これから会社は不祥事発覚で叩かれるぞ。コスト削減で人員削減、クビになったらどうする」

「クビって」眞結香が嘲るようにいった。「大人気の東京ディズニーリゾートが、そう簡単に経営を縮小したりしないでしょ」

「だとしても世間の風当たりが強まるのは避けられないだろ。ディズニーで働いてるって、胸を張っていえなくなる」

「いまでもそんなに吹聴《ふいちょう》してない。ってかあなたはしてるの？　ダサくない？」

「仕事に誇りを持つのが悪いことかよ。俺はこの楽しい職場を失いたくねえんだ。どこかまちがってるか？」

　環奈は黙って週刊誌の見開きページを眺めた。

葛西臨海公園に飛来したカラスが目の前にちらつく。江戸川一本をはさんで、ＴＤ

Rにはカラスがほとんど現れない。考えてみればふしぎだ。

記事の内容は憶測《おくそく》の域をでていない。というより内部を取材したわけでもなさそうだった。串澤の主張と同様、陰謀論に終始している。根拠はなにもない。

それでもなぜか胸騒ぎがおさまらない。会社が不都合な真実をバイトに伏せる。ないとはいいきれない。言下に否定できない。仮にこれが本当だったら、とてもショッキングなことに思える。害鳥駆除のためとはいえ、世間に黙ってカラスを撃ち殺す。陽気な笑顔と楽しげな音楽の裏に、人知れず命を奪う行為があったとすれば。

青と白のコスチュームがひとり近づいてきた。トレーナーの吉島だった。やはりほかの店が混んでいるせいだろう、席に余裕のあるキャストインに来ていた。吉島が小言を口にした。「そろそろ午後のシフトだ。昼食はできるだけ手早く済ませ、持ち場に戻ること。いつもいってるだろ」

周りのテーブルにいたカストーディアルキャストらも、蜘蛛《くも》の子を散らすように離席しだした。卓上の食器類を手早く片づけ、さっさと立ち去っていく。眞結香や久保、串澤もそうした。吉島がしかめっ面でそのようすを見守る。いつものことだった。環奈も席を立った。

すると吉島が声をかけてきた。「永江」

「はい？」

「キャスティングセンターから呼びだしがかかってる。アンバサダー候補は全員集合だそうだ」

「でもビッグサンダーマウンテンのレストルームの清掃が……」

「だから早く行って戻ってこい。それまではほかの人員で埋め合わせる」

「わかりました。ただちに」環奈は足ばやにテーブルを離れた。出口に向かう眞結香を追い越しながらいった。「キャスティングセンターに行ってくる」

眞結香の声が不満げにうったえた。「早く帰ってよ。トイレ掃除の掛け持ちはうんざり」

身内

キャスティングセンターの中会議室には、すでにアンバサダー候補が集合済みだときかされた。環奈《かんな》がドアを開けたとき、一同はみなパイプ椅子《いす》に姿勢を正して座り、壇上の正社員に視線を向けていた。

正社員は猪首《いくび》の逸貴《いっき》だった。逸貴はなにやら演説中だったが、環奈の入室に目をとめるや、たちまち苦い顔になった。環奈は恐縮しながら頭をさげ、最後列のパイプ椅子に着席した。

壁ぎわにはほかにも正社員らが立っていた。そのなかに後《ご》藤《とう》大輔《だいすけ》がいる。遅刻はまずいよと、後藤の表情がうったえてきた。わかってますけど。環奈は戸《と》惑《まど》いながら、心のなかでそう返事した。

逸貴がため息まじりに演説をつづけた。「いま話したように、来週の火曜、閉園後にアンバサダー候補の最終選考会をおこなう。午後十時開始。場所は舞浜アンフィシアター。候補者それぞれに、五分の持ち時間があたえられる。最後のアピールタイムだから、有効活用してほしい」

環奈は壁に貼りだされた順位表を眺めた。思わず息を呑《の》んだ。永江環奈は二位にランクアップしている。一位はダンサーの桑島奈々未。得点数では二位以下を引き離し独走状態にあった。けれども順位のうえでは、環奈はまぎれもなく奈々未のライバルとみなされる立場にある。

奈々未は最前列の端に座っていた。見えるのは後ろ姿だけだが、まっすぐ伸ばした背筋に闘志と決意が漲《みなぎ》り満ちる。環奈はたちまち怖《お》じ気づいてしまった。存在自体が恐ろしい。まだ言葉すら交していないが、容易にお近づきになれるとは思えない。

逸貴がいった。「最終選考会当日、体調不良など諸事情により欠席したとしても、それで失格というものではない。ただアンフィシアターには社員やキャストが大勢来場し、最終投票を実施する。任命もその場でおこなわれる」

事実上、棄権は許されない。逸貴の発言にはそんな含みが感じられる。いまさら弱気になるなど許されない、環奈はそんなふうに思い直した。二位になったいま、なにを迷うことがある。本気でアンバサダーへの就任をめざす。それ以外のことは頭から追い払うべきだ。

「なお」逸貴が付け加えた。「舞浜アンフィシアターは座席数も多い。アンバサダー候補には、それぞれ五人まで、身内の方々の観覧を認める。観覧者は社員やキャストと同じく、当日の投票権を有する」

環奈のなかに生じた困惑が、たちまち狼狽《ろうばい》に変わった。これこそ取り乱さざるをえない事態だった。

身内。高校卒業後はろくに友達がおらず、そもそも親戚《しんせき》さえも少ない。ほかの候補者らは、親や兄弟姉妹を呼ぶだろう。環奈は誰にも声がかけられない。母や姉が来てくれるとは思えない。

逸貴は腕時計を一瞥《いちべつ》した。時間が押しているからか、早口にまくしたてた。「アピールタイムは歌やダンスなど、なにを披露しようが自由。ただしキャストのコスチュームを着用のこと。以上。質問はあるか？　なければ解散するが」

　室内は静まりかえっている。逸貴は数秒しかまたなかった。無言でうなずくと、それを合図にしたように、全員が立ちあがった。みな心は戦闘モードに入っている。女性ながら軍隊のようにてきぱきとした行動をとる。

　環奈はひとり居残るわけにもいかず席を立った。桑島奈々未が振りかえり、後方のドアへと向かいだす。二位になった環奈にとって、いま声をかけるのはなんら不自然ではない。むしろこの瞬間こそ適切な機会にちがいない。

　しかし環奈はなにもいいだせなかった。奈々未の視線もこちらに向かない。ほかの誰もが奈々未の存在を意識しているのはあきらかだった。みな奈々未を視線の端にとらえている。奈々未は笑みひとつ浮かべず退室した。

　後藤大輔が歩み寄ってきた。辺りに漂う緊張感を、特に気にかけたようすもなく、後藤は愛想よくいった。「いよいよだね。社員もみんな、きみをダークホースと呼んで期待してるよ」

　ひどく心もとない。環奈はおろおろしながらうったえた。「後藤さん。どうしよう。身内の出席なんて困る」

「なんで？　晴れ舞台じゃないか」

「母はわたしの仕事をよく思っていないんです。姉もそう。父は最初から来ると思えないし」

「そうなのか……」

「ああ、もう。身内の投票なんて、誰にいれるかきまってんじゃん。なんで呼ぶ必要があるんですか」

「全員がまんべんなく五票ぐらいは獲得できる……からじゃないかな。要するに下位組への温情だよ。きみにはもう必要ない救済措置だろうけど」

「そんな。五票といえど貴重ですよ。一位には大きく引き離されてるのに」

「落ち着いて。ご両親にアンバサダー候補の話はした？　アンバサダーが栄《は》えある仕事だってことを、お姉さんは理解してる？」

「まだなにも話してません……」

「なら説得の余地が残されてるよ。事実を知れば、ご両親やお姉さんが応援しないはずがない」

　そんなふうに楽観的にはなれない。環奈のなかで不安ばかりが募った。味方がいるのは夢と魔法の国だけだ。見ず知らずのゲストたちのほうが、よほど環奈を支えてくれる。身内。心を通いあわせるのが当たり前の、最も近しい存在。環奈にとってはいないも同然だった。

分別

　夕方になった。きょうもシフトはオープンキャストだった。環奈は一日の仕事を終え、バックステージに戻った。トタン板が囲む味気ない路地をひとり歩いた。

　糸がこすれる指の傷が深くなっている。以前はシャワーを浴びるときにひりつくだけだったが、いまはいつも痛い。だんだん振りが大きくなっていて、そのぶん負荷がかかっているのかもしれない。腕の筋肉痛もある。ゲストにウケるのはいいことだが、ひそかに身体的なダメージが増えていく。

　パフォーマンスをする場所にも一考が必要だった。単に清掃の延長というだけでは済まされないぐらい、見物人の数が膨れあがっている。近場のアトラクションキャストにも、ひどく迷惑がられる。

　邪魔者扱いを受けない場所は、すでに清掃を終えていることが多い。そこにゴミが残っていて、しかも『お砂糖ひとさじで』が流れる瞬間に居合わせられるかといえば、そんな偶然はなかなか起こらない。

アトモスのひとつととらえ、ショースケジュールに組みこんでしまうべきではないか、そんな声もあがっている。しかし環奈がファンカストでない以上、その扱いも難しいときいた。

カストの本業はあくまで清掃だった。そちらの仕事量も軽減されない。このところパーク内では紙製食器が徐々に廃止され、陶器やステンレス製食器への切り替えが進んでいる。環境保全のためだというが、使い捨てでない食器類を、トラッシュ缶に放りこんでしまうゲストも少なくない。紙製食器だったころの癖が抜けきらないのだろう。

トラッシュ缶のなかのゴミを分別するのには、ただでさえかなりの労力が必要なのに、ここへきてさらに手間が増えた。時給は据え置きのまま、忙しさだけは右肩上がりだった。

疲れが溜《た》まっている。まっすぐ帰りたくもなる。でも母や姉と一緒に夕食の席につきたくない。外食していこうか。でも眞結香は先にあがってしまった。

ワードローブビルに近づく。出入口前をキャストが多く往来していた。そのなかに緑いろのジャケットを見かけた。目を凝らすまでもなく藤崎亮汰だとわかる。誰かと立ち話しているようだ。

ここで会えた偶然に感謝したくなる。彼もオープンキャストのはずだ。一緒に夕食をとれれば、それに越したことはない。葛西《かさい》臨海公園の焼きそばでもかまわない。またふたりきりになれるなら……。

そう思ったとき、藤崎の談笑する相手が目に入った。燕尾《えんび》服《ふく》風のジャケットにレオタードというダンサーの衣装。桑島奈々未だった。

環奈の胸のうちを細かい霧《きり》が覆いだした。失意とも焦燥《しょうそう》ともつかない思いがひろがる。

奈々未は笑顔で藤崎を見上げていた。藤崎も笑っている。ふたりはいかにも親しげだった。奈々未が目を細め、藤崎の腕にすがりつき、なにか喋《しゃべ》った。藤崎は身を引いたりしなかった。その場にたたずんだまま、奈々未に微笑をかえした。

周りを行き交うキャストたちも、人気の美男美女が絡《から》みあう姿に、目をとめないはずがなかった。環奈のわきを通り過ぎた女子ふたりのうち、ひとりがささやいた。

「あのふたり、つきあってんの？」

「知らないの？」もうひとりが答えた。「そんなの前から……」

声が背後に遠ざかり、その先はきこえなかった。特に耳を傾けたいわけでもない。

環奈は踵《きびす》をかえし、来た道を引きかえした。ワードローブビルに入らないと着替えられない。オンステージ方面へ戻ったのでは帰りが遅くなる。それを承知で足ばやに進んだ。

虚《むな》しさに追いつかれまいと、いっそう歩を速める。悲嘆に打ちひしがれそうになる気持ちを、ひたすら紛らわせた。藤崎亮汰と桑島奈々未。誰が見てもお似合いのカップルだ。なぜそれ以外の可能性がありうると考えたのだろう。思いあがっていたのではないか。状況はなにも変わっていない。自分こそほかの誰かに成り代わったわけでもない。ふいに多くの人々から愛されるようになったのではない。母の認識こそむしろ正しい。清掃スタッフで大道芸人。イロモノでしかないのに、なにを勘ちがいしていたのか。

オンステージにでる通用口の手前に、キャスター付きのゴミ箱がたくさん並んでいた。トレーナーの吉島がひとりゴミの分別作業に追われている。カストらは手が空いていないようだ。

環奈はつかつかと歩み寄ると、満杯のゴミ袋をつかみあげた。「やります」

吉島が驚いた顔になった。「永江。きょうはもう……」

「バックステージの作業なら、残業のうちに入りません」

「そうか」吉島が立ち去りながらいった。「感心だ。点数に加えておく」

靴音が遠ざかる。トレーナーからすれば、アンバサダー候補の最終選考会が近いいま、環奈が点数稼ぎに走っているように見えたのだろう。そう解釈されるのも仕方がない。あっさり残業を許されたことを、むしろ喜ぶべきだ。これで早く帰らずに済む。ほかになにも考えなくていい。

キャップを外したペットボトルを、一本ずつ潰《つぶ》す。オンステージではできないことを、バックステージでやる。缶やビンなど不燃物も仕分ける。紙コップもほかのゴミと分別していく。

手《て》際《ぎわ》よく片づける。本来これが研修で教わった仕事だ。いまこの瞬間だけでも、自分の存在意義はここにある。それで充分だった。哀感なんか湧《わ》かない。悲しくなんかない。

清掃員

夕食は結局、自宅のダイニングルームでとった。食事が終わると、姉の未穂は隣りのリビングに移り、ソファに身を投げだした。食器をキッチンのシンクに運ぶのは、環奈の役割だった。家に帰っても片づけ作業に追われる。それが性分なのかもしれない。

　シンクに置いた皿を水に浸していると、母の雪江が歩み寄ってきた。「環奈。そっちはいいから、ちょっと話をきいて」

　環奈は蛇口を閉めた。「なに？」

　母が神妙な顔でダイニングテーブルに引きかえす。一冊のパンフレットを手にとり、環奈に差しだした。

　表紙の写真は、ＯＬ風のモデルがカメラ目線で、にっこり微笑《ほほえ》む姿だった。背景はオフィスで、事務机についている。

「それ」母の物言いはいつもより柔らかかった。「お父さんの職場で、知り合いの人がお世話になってる、人材派遣の会社だって」

　気が滅入《めい》る。環奈はきいた。「だからなに？」

「なにって、そこなら事務職にかぎって職場を斡旋《あっせん》してくれるの」

　ページをめくった。予想どおりの職種が並んでいる。環奈は首を横に振った。「受付もテレフォンオペレーターもやりたくない」

　母の声がふだんの辛辣《しんらつ》な響きを帯びだした。「なんでそんなことをいうの。清掃スタッフよりましでしょ」

「カストーディアルキャスト。ディズニーランドのキャストだってば」

「そこしか空きはなかったの？　ほかの部署を希望した？」

環奈は口をつぐんだ。もちろん当初からカストになることを望んだわけではない。しかしカスト以上に人手不足が深刻な部署といえば、総じてフードサービスキャストだといわれた。それも調理師免許を持っている人員を優遇したい、運営はそんな意向だった。結局なれるのはカストーディアルキャストのみ、そう通達された。

　希望どおりの部署に配属されたいと主張し、断固として譲らなかった人もいるときく。しかしその場合は、長いことまたされる。それっきりなんの連絡もこなかったケースも、少なからずあるらしい。高校を卒業した環奈にそんな余裕はなかった。ほかのバイトを始めてしまえば、もしＴＤＬから希望する部署への配属を知らされた場合、時間のやりくりが難しくなる。

　環奈は母を見つめた。抗議したい衝動に駆られる。「なんでそんなに清掃スタッフを見下すの？」

「見下してない。あなたの将来を考えていってるの」

「キャストとしてランクアップしていけばトレーナーになれる。正社員になった人たちもいるんだし」

「きいて」母が語気を強めた。「いまは思いちがいしてるんだろうけど、キャストとかといっても、清掃員は清掃員」

「それも立派な仕事でしょ。ましてディズニーランドなんだよ」

「ディズニーランドだからよけいに……。環奈。みんながよく行く場所で清掃作業をするのが、そんなに幸せ？　環奈の同級生の子たちや、お母さんの知り合いが、環奈に気づくかもしれないでしょ」

「べつにかまわないじゃん」

「ホテルの清掃員じゃだめなの？　ディズニー近辺のホテルじゃなくて、都内とかの」

「なんで？　人目に触れないから？」

「わざわざめだつように掃除する必要なんてないでしょ。それもディズニーランドなんて」

　環奈は怒りをおぼえた。「お母さんは清掃員が日陰者だと思ってる？　隠れてこそこそやるのが筋だって？　ディズニーランドのカストは晒《さら》し者も同然っていいたい？　娘がやってるのがばれたとき、近所の人に顔向けできないって？」

「あなたのためを思っていってるの。お父さんも同意してる」

「お母さんが世間体《せけんてい》を気にしてるだけじゃん！　お父さんなんか、どう思おうが関係ないし」

ソファにいた姉の未穂が、さもうるさそうに顔をしかめていった。「お母さん。前にも話したけどさ、環奈はただの清掃スタッフじゃなくて、けっこう話題になってんの。動画がたくさんあがってて、いまじゃいっぱしの人気者」

母は依然として浮かない顔だった。いまどんな心境なのか、娘の環奈には手にとるようにわかった。

環奈は憤然とまくしたてた。「清掃員のうえに大道芸人だなんて、よけいに惨《みじ》めな晒し者だよね？　どうせそんな認識でしょ。でもアンバサダーに任命されるためのステップなの。アンバサダーってわかる？　期間限定の広報代表。マスコミの取材を受けて、イベントに出席するんだよ。そんな将来の夢まで否定する気？」

「……そのアンバサダーっていうのは」母が環奈を見かえした。「大勢なれるの？」

「ひとりだけ。だから価値があるんじゃん」

母は憂《うれ》いのいろを濃くした。いっそう責めるような口調で母がいった。「環奈。もう一回よく考えて。おいしい話なんてそう転がってない。希望があるように見せかけてるだけの場合がほとんどなの。清掃スタッフからそこまで昇進できる？　ほかにもたくさんの人たちがなりたがってるんでしょ？」

頭に血が上る。環奈はかっとなって怒鳴った。「もういい！」

リビングのドアを飛びだし、環奈は階段を駆け上がった。自室に入るや、きょうもまたドアを叩きつける。ベッドのなかに深く潜った。

激昂《げっこう》した理由がおぼろに浮かびあがってくる。職場での境遇を疑うことを、いつも故意に遅らせてきた。希望はあると信じたかった。けれども母が真実を突きつけてきた。母の指摘こそ図星かもしれない。本当のことをいわれた、だから腹が立った。それだけのことなのか。

いや、母はわかっていない。キャストの本当の意味すら理解できていない。偏見と先入観で、カストーディアルキャストを軽んじる。価値観が相容《あいい》れない。だから会話も嚙《か》みあわない。

階段を上ってくる足音がした。ドアがノックされた。ささやきは母でなく、姉の未穂の声だった。「環奈。あのさ」

母が謝りに来るならともかく、姉と話すことはなにもない。環奈はシーツをかぶったまま黙っていた。

ドア越しに姉の声がいった。「スマホで検索したら、アンバサダーの最終選考会って、来週の火曜だって？　候補者はご家族やご親族を五人まで招待できますって書いてある。環奈が招待してくれれば、わたしやお母さんも行けるの？」

にわかに戸惑いが生じる。返事をしかけて、また口をつぐんだ。姉の意図がどこにあるのかわからない。いまはとにかく、なにもきめたくない。

ドア越しに姉妹は沈黙した。静寂はしばらくつづいた。やがて足音がまた階段を下っていった。それっきりなんの物音もきこえなくなった。

コスチューム

週末の朝、舞浜の空は薄曇りだった。開園前、環奈はファンタジーランドにでた。ゲストのいない一帯にキャストらが点在する。緑いろのジャケットの男性がふたり、前方から歩いてきた。うちひとりは藤崎だった。藤崎と目が合った。しかし環奈は視線を落とし、足ばやにすれちがった。藤崎が妙な顔をして振りかえるのを、視界の端にとらえた。声はかけられなかった。環奈もなにもいわずにやりすごした。

ワードローブビル前で、藤崎が桑島《くわしま》奈々《なな》未《み》と一緒にいるところを見た、あれ以来の再会だった。けれども事情を問いただす気になれない。心の傷を深めたくもなかった。

広場にカストーディアルキャストのコスチュームが集いつつある。眞結香やシニアキャストの久保、串澤《くしざわ》もいた。

朝礼が始まる時間だが、まだトレーナーの吉島が一同に呼びかけようとしない。吉島はスーツの正社員と話しこんでいた。正社員は逸貴だった。パーク内の運営とは部署が異なるはずだ。アンバサダー候補がらみの用件だろうか。

吉島が環奈に視線を向け、ゆっくりと歩み寄ってきた。「永江。ちょっといいか」

「はい」環奈はその場にたたずんだ。

すると逸貴が吉島を追い越し、環奈をうながした。「もう少し向こうで話そう」

環奈は妙に思いながらも逸貴についていった。ほかのカストーディアルキャストらと距離を置かれる。吉島も同行した。正社員とトレーナー、環奈の三人のみ、空飛ぶダンボのわきに移動した。

逸貴がいった。「永江環奈。ワードローブビルに戻って、ふつうのカストのコスチュームに着替えてこい。今後は元のコスチュームでの勤務になる」

困惑とともに言葉を失う。環奈は逸貴と吉島をかわるがわる見た。

吉島が難しい顔を逸貴に向けた。「先に事情を説明しないと……」

「そうだな」逸貴が平然とうなずいた。「吉島君。きみから話せ」

不穏な沈黙が降りてきた。吉島が仕方なさそうに環奈にささやいた。「単独のコスチュームに関しては、上に了解を得ていたんだが、ほかからクレームがついた。みんな本来のコスチュームで競ってるのに、なぜ永江だけ特別扱いなのかと」

それはアンバサダー候補として、カストーディアルキャストの地味な青白服が、ほかにくらべ不当に不利だからだ。公平さを欠くという議論なら、そもそもキャストの衣装が配属先ごとに異なり、デザインに優劣があることこそ問題だろう。

しかし抗議したところで、どうせききいれられない。環奈はそう思った。キャストがどんなコスチュームを身にまとうのか、ＴＤＲで働きたいと望む全員が、採用以前に承知していたはずだ。アンバサダー任命もＴＤＲ内のイベントであるがゆえ、本来のキャストのコスチュームでエントリーせねばならない。正社員の主張はそのあたりだろう。

吉島が申しわけなさそうな表情をのぞかせた。「きみはこのところ注目されていた。人気を博したきみへの風当たりが強まるのは、やむをえないことだし……」

逸貴が声高に遮った。「問題はほかにもある。清掃中のパフォーマンスにしては度を越している。ほとんど無断アトモスに近い。ゲストに危険が及ぶ」

いまさらそんなクレームをつけるとは、どこからの圧力だろう。環奈は震える声で反論した。「危険が生じないよう、細心の注意を払ってます」

「きみがそのつもりでも、事故が起きてからでは遅い」逸貴が声をひそめた。「いいか。本社で報告があった。ユーチューブ動画の影響を受けた小学生が、魔法のステッキなるマジック商品のタネを、自前のホウキに装着する例があとを絶たない」

　環奈は衝撃を受けた。「釣り糸をホウキに……？」

「そう。まさしく釣り糸をホウキに結びつけ振りまわしてる」

「でもやり方はちがいます」

「とはいえマジックショップで売ってる、魔法のステッキなる商品が、きみのパフォーマンスの元ネタなのを子供たちが気づいた。棒が縦になった状態で、身体の周りを飛びまわる、現象自体は共通してるからな。みな糸の張り方がわからず、独自にあれこれ試し、身体に絡まって怪我《けが》をするケースが続出した」

「……タネ明かしして、正しいやり方をひろめるべきでしょうか」

「そういう問題じゃない。男子児童が教室でホウキを振りまわした結果、糸が切れてホウキが飛び、ガラスが割れたりもしてるんだ。ニュースになってもおかしくない。いまのうちに歯止めをかけなきゃいけない」

ふいに高齢の男性の声がきこえた。「あのう」

逸貴と吉島が妙な顔で振りかえった。環奈もふたりの視線を追った。シニアキャストの久保が、すぐ近くに立っていた。眞結香も一緒にいる。いずれの目にも憂いのいろが浮かんでいる。

久保が逸貴に対し丁重《ていちょう》に申し立てた。「カストーディアルキャストは、清掃中にミッキーの顔を描いたりもするのです。本格的な芸を披露するファンカストは別部署ですが、ゲストはカストもファンカストも同一視しています」

「それがなにか？」

「永江さんの芸は、いささか派手ではありましたが、アンバサダー候補という事情もあってのことですし……。パーク内での事故は起きていないのですから、来週の火曜までは容認していただけないでしょうか」

「無理だ。本社のほうで結論がでてる」

眞結香が腑《ふ》に落ちないようすで抗弁した。「これまではまったく問題視してなかったじゃないですか。ネットニュースにも画像の掲載許可をだしてますよね？」

険悪な空気がひろがっていく。問題に無関係の友達まで巻きこむわけにいかない。

環奈は眞結香を手で制した。眞結香は不服そうに環奈を見つめた。本当にこれでいいのかと、眞結香のまなざしが問いかけてくる。

逸貴が淡々と告げてきた。「いままでの行きすぎたパフォーマンスも、結果としてマイナス評価に計上される。今後はいっさいの客寄せ行為を禁じる。カストは清掃作業に徹し、パーク内を綺麗《きれい》にすることだけを心がけろ。その働きぶりこそ真価とみなされる」

通達は終わった。逸貴は吉島を一瞥すると、さっさと立ち去っていった。

吉島がため息まじりにささやいた。「永江。着替えてこい」

眞結香はなおも吉島に不満をぶつけた。「文句いってきたのはどこのキャストですか。反論するべきでしょ」

「萩田《はぎた》、いいからあっちに戻れ。久保さんもです。朝礼を始める」

カストーディアルキャストがイッツ・ア・スモールワールド前に集う。例外は環奈ひとりだけだった。環奈は歩きだした。背後に吉島の声をきいた。「注目。じつは警備から報告があった。ここ数日、また居残りゲストが出没しているらしい。以前の人物と同じとみられる。カストーディアルキャストとしては……」

元のコスチュームに着替えずには、仲間とさえみなされない。朝礼への参加すら拒否された。それが自分の置かれた境遇らしい。

フォレストシアター前にグリーンのジャケットが立っていた。藤崎が気遣わしげな目でこちらを見つめる。環奈は顔をそむけた。心配などしてほしくない。

足が自然に速まった。バックステージへの通用口に逃げこむ。このロングスカートもきょうかぎりだった。幸いだと環奈は思った。レストルームの清掃時、ひろがった裾《すそ》が邪魔で仕方なかった。もうそんなことに煩《わずら》わされずに済む。幸いにちがいない。

憂鬱《ゆううつ》

青ジャケットに白のスラックス、通常のカストのコスチュームに着替えた環奈は、ひとりバックステージのベンチに座っていた。

本当は油を売っている場合ではない。着替えが済んだら、急いでオンステージに戻る必要がある。朝礼もとっくに終わり、間もなく開園時刻を迎えようとしていた。じきにゲストがファンタジーランドにも押し寄せる。カストーディアルキャストはそれぞれ、所定のロケーションにつかねばならない。

にもかかわらず環奈は行動を起こせずにいた。いまはただ、なにもかも投げだし、虚無に浸っていたかった。

指の付け根の擦り傷が痛む。そっと傷口をさすった。この痛みからも解放されたことになる。悪くないと自分にいいきかせた。怪我はいまに始まったことではない。カストとして清掃作業に従事するだけでも、足首にダストパンをよくぶつける。痣《あざ》はずっと消えない。負傷の原因など、少なければ少ないほどいい。

ふいに生じた空白に、気持ちがついていかない。やるべきことはわかっている。掃除だ。いつも足ばやに歩き、スイーピングも移動しながら迅速におこなう。ダストパンに回収したゴミを地面に落とさない。いつも笑顔、常に笑顔。どんなに混みあってもゲストの邪魔になってはいけない。

パーク内に引きかえせば、そんな仕事がまっている。わかりきったことだ。投げだしたりはしない。しょせんバイトでしかない。報酬《ほうしゅう》をもらっている以上、相応の仕事はする。求められているのはそれだけ。ほかにはなにもない。

いつしか視線がおちていた。ベンチの前に大きな黒靴を見た。誰かが立っている。顔をあげるまでもない。何者かは明白だった。

環奈は座ったまま身体を起こした。ミッキーマウスの顔が目の前にあった。鼻をひくつかせながら、間近で環奈の顔をのぞきこんでいる。

これからエントランス方面への移動車に乗るのだろう。開園前のゲート前でまつゲストたちに、愛嬌《あいきょう》を振りまきに行く。毎朝の行事だった。

いまはミニーが一緒でなかった。キャラクターに随伴《ずいはん》するキャストらも、まだ合流していない。ミッキーが単独でここにいる。以前は面食らったが、バックステージではよくあることらしい。

環奈は醒めた気分で虚空《こくう》を見つめた。あえて焦点をミッキーマウスの顔に合わせずにいる。

ミッキーが環奈の胸のバッジを指さしてきた。すごいといいたげに、両手を頰に当てる。

心が果てしなく冷えきっていく。環奈はミッキーにささやいた。「前にも見たでしょ。それともちがう人？」

笑顔のままのミッキーが、素振《そぶ》りだけで戸惑いの反応を表現する。けっして気を抜くことはなく、ずっとミッキーでいつづける。バックステージ、たったひとりが相手であっても、一秒たりとも隙《すき》をみせない。

プロ根性には頭がさがる。いまも人間と向きあっているような感じがしない。環奈はぼやきを口にした。「ミッキーはいいよね。絶対的な人気者だし」

ミッキーのリアクションは予想どおりだった。環奈を指さし、同じだよと無言のうちに諭してくる。

「ちがう」環奈は首を横に振った。「なにもかもちがう。オンステージ。キャスト。みんな出演者？　そんなわけない。掃除しながら笑顔を保てだなんて無理がある」

　さすがにほんの一瞬、ミッキーは当惑に凍りついた。喋れない以上、環奈に対する説得などおこなえない。ミッキーはより距離を詰めてきて、環奈の肩を抱くようなしぐさをした。慰めている、そうアピールする動作だった。

「やめてよ！」環奈はミッキーの手を払いのけた。「みんな同じだっていうんなら、あなたがこの服に着替えて、トイレを掃除すればいい。キャスト全員がローテーションで毎週ちがう役割につくべきでしょ。着ぐるみのおかげだなんていわない。わたしだって注目されたのは衣装だけじゃなく、自分なりに頑張ったから。だけどここに平等なんかない！」

　ミッキーマウスは静止した。オンステージではありえないぐらい、長いこと固まっていた。

　やがてミッキーはゆっくりと身を引いた。そのしぐさはアニメのキャラクターではなく、生身の人間に近かった。演技を忘れ、なかの人の心情がそのまま表れたのかもしれない。じっと見下ろすミッキーは笑顔を維持している。しかしその表情は作りものだった。

喋らない鉄則を、ミッキーはバックステージでも破らない。けれども芝居じみた動作はいっさいみせず、ただ立ち尽くしている。ミッキーはなおも環奈を見下ろしていた。環奈が見かえさずにいると、やがてミッキーはためらいがちに立ち去りだした。いつも背筋を伸ばし、軽快なステップで歩くはずが、うつむきがちに遠ざかる。ミッキーの後ろ姿が、路地の角に消えた。環奈はまたひとりきりになった。

両手で顔を覆《おお》った。自分は最低だと環奈は思った。ミッキーマウスまで憂鬱にさせてしまった。

トゥーンタウン

翌日からしばらくクローズドキャストのシフトがつづいた。すっかり日の暮れた閉園直前、環奈はファンタジーランドを清掃しがてら、懐中電灯で茂みのなかを照らしてまわった。居残りゲストの目撃情報が、またも相次いでいる。しかも現在までのところ未発見らしい。

背後から靴音が駆けてきた。環奈がびくっとして振りかえると、同じ青と白のコスチュームだった。串澤が血相を変え、まっしぐらに向かってくる。

「永江！」串澤が興奮をあらわにいった。「朗報だ。また猟友会のじいさんふたりが現れた」

ため息が漏れる。環奈は茂みに向き直った。「夜中にカラスは撃たないってば」

「今夜はいつもとちがう。正社員が一緒にいるんだ」

「前もそうだったでしょ」

「その正社員が誰かわかるか？　きみにパフォーマンスをやめさせた、首の太い男だよ」

「逸貴さん？　まさか」

「まちがいない。猟師たちを連れて、トゥーンタウンをうろついてる。カラスが木にとまってないか確認してるみたいだ」

環奈は首を横に振った。「逸貴さんは人事部だし、次期アンバサダー選出に携わってるでしょ。なんで猟師の案内を買ってでるの？」

「わかってないな。そもそもＴＤＲは、県の指定する狩猟可能な場所じゃないんだぞ。カラスを猟銃で仕留めてる事実も、本社が表向き否定してる。まったく関係のなさそうな部署の人間にまかせたほうが、発覚しにくいだろ」

「そんなことあるわけが……」

「いいから来なよ。逸貴ってやつの尻尾《しっぽ》をつかまえてやる。永江の復讐《ふくしゅう》にもなるだろ。不祥事の内部告発は労働者の務めだしな」

串澤が環奈の手首をつかみ、力ずくで引っぱる。いつもこれだ。けれども環奈のなかに強い反発は生じなかった。むしろ胸騒ぎをおぼえる。

復讐する気など毛頭ないが、本当に不祥事だったら見過ごせない。猟師が頻繁《ひんぱん》に現れ、正社員と行動する。たしかに不自然だ。パーク内でカラスをほとんど見かけない。その事実と切り離して考えられない。

環奈は串澤にいざなわれ、トゥーンタウンへと駆けていった。いまは状況を確認するだけだ。すぐに持ち場に戻る。これは本社への反抗ではない。心のなかでそうつぶやいた。

闇《やみ》に沈んだトゥーンタウンは、鮮やかな原色の輝きを失い、ただ暗いだけの一帯と化している。ゲストは退去し、辺りにひとけはない。ワゴン車を模した屋台、トゥーントーン・トリートの陰に、串澤が身を潜めた。環奈も串澤とともに隠れた。

「あれだ」串澤がささやいた。「懐中電灯は点《つ》けるなよ。俺たちの存在が向こうにばれちまう」

串澤が顎《あご》をしゃくったほうに、環奈は目を凝らした。トゥーンタウン内、左手奥の大扉。ディスパッチ２、すなわちパレードの終着地点だった。

三つの人影があった。たしかにスーツの正社員がひとり、ハンチングをかぶった高齢者がふたりいる。猪首の正社員は一見して逸貴とわかった。高齢者らも、前に見かけた猟師たちにちがいない。

閉園前の視察にしては奇妙な一行といえる。猟師のひとりが植えこみの木を見上げた。やはりカラスを気にかけているのか。

ディスパッチ２の大扉に、三人が近づいた。逸貴がそろそろと扉を開け、ふたりを招きいれる。猟師らがつづいた。三人の姿が扉の向こうに消えたのちも、扉は半開きのままだった。

串澤が鼻息荒く動きだした。「追いかけよう」

「まって」環奈は串澤を制した。「持ち場を長く離れちゃだめでしょ」

「なにが起きてるか見届けるんだよ。いまがそのときだ」串澤はディスパッチ２に駆けだした。「スマホを持ってきた。撮影して決定的証拠にしてやる」

環奈は仕方なく串澤を追った。「バックステージの隠し撮りは規則違反……」

「県の取り決めに従わず、危険行為に及んでるほうが悪い。いま暴《あば》かないと大変なことになる」

ふたりで大扉に接近する。串澤の手が環奈を押し留めた。歩を緩め、足音を立てないよう前進する。半開きの大扉を入った。

パレードがここに帰っていくとき、ゲストからバックステージが見えないよう、道路が右にカーブしている。正面も植えこみだけだが、実際に足を踏みいれてみると、倉庫然とした大きな建物のわきだった。工場地帯の私道のようでもある。パレードのフロートが通行するため、道幅も広く確保されていた。街路灯がおぼろに照らすものの、人や車両の往来はなくひっそりとしている。

環奈は串澤と顔を見合わせた。無言のうちに覚悟をきめた。ふたりとも道路を前進しだした。串澤はスマホをカメラのように構えている。

左手にそびえるトタン板の外壁は、建物内にイッツ・ア・スモールワールドの全コースを擁《よう》する。エントランス側は毎朝清掃するが、こうして裏手を目にすることはほとんどない。道路の先は緩やかな曲線を描いている。道なりに突っ切っていけば、いずれ本社方面に抜ける。しかし……。

環奈は足をとめた。「これ以上はやめようよ」

串澤が不満げに振りかえった。「どうして？」

「パレードビルに近づいちゃうでしょ。無関係のカストが不審な行動じゃない？」

バックステージにおける、一般キャストにとっての制限区域、パレードビル。キャラクターの着ぐるみを保管するズーのほか、ダンサーの控え室や衣装部屋がある。楽屋のなかでもトップシークレットにあたるプロップスルームも存在する。人間がミッキーやミニーに変身する、最も不可侵とされる聖域だった。むろん関係者以外立入禁止。ヒラのカストーディアルキャストがうろつける場所ではない。

だが串澤が反発した。「ここまで来て引きかえせるかよ」

「誤解されるよ。パレードビルで撮っちゃいけないものを撮ろうとしたとか」

「そんなつもりはない。ゲストの安全のためだ」

「ねえ。思うんだけどさ。千葉に猟師がいても、そんなにふしぎじゃなくない？　海のない埼玉にサーファーが多すぎなのは問題だけど」

「ここは市原《いちはら》ぞうの国じゃないんだぜ？　東京ドイツ村がある袖《そで》ケ浦《うら》ともちがう。千葉に山がいっぱいあろうが、浦安は都会だ。猟銃を撃ちまくるなんて、許されるわけがない」

「根拠はないじゃん。もっとしっかり事実を確認してからのほうが……」

ふいに逸貴の声が飛んだ。「なにをやってるんだ？」

心臓が喉《のど》もとまで跳ねあがった。串澤も愕然《がくぜん》と両目を見開いている。環奈はびくつきながら振りかえった。

猪首の正社員、逸貴がひとり路上に立っていた。険しい顔で腕組みをし、環奈と串澤を睨《にら》みつけてくる。

串澤が尻込《しりご》みしだした。「あ、あのですね、なんでもないです。ちょっと道に迷ってしまったというか……」

環奈はもう臆《おく》さなかった。逸貴を見つめ、きっぱりと問いただした。「猟師のふたりはどこですか」

「誰だと？」

「浦安市猟友会のふたりです。さっき一緒にディスパッチ2を抜け、こっちに来ましたよね」

逸貴は眉《まゆ》をひそめた。環奈を凝視し、ひとりごとのようにつぶやいた。「アニメのエルサやアナみたいにでかい目をしてるな。正義感に満ちてるってやつか」

面食らったものの、驚きを顔にださないように努めた。逸貴のようなカタブツの正社員が、ディズニー作品になぞらえた喩《たと》え話を口にするとは思わなかった。あるいは準社員を幼稚な存在とみなし、からかっているのだろうか。

環奈は語気を強めた。「まさかと思いますが、猟銃でカラスを撃ってるのではと」

「まて。それで義憤に駆られ、私たちを追いかけてきたっていうのか？　ならきくが、私の連れが猟師だとなぜ誤解した？」

「誤解じゃありません。猟友会のサイトで確認しました」

逸貴が眉間《みけん》に皺《しわ》を寄せ、小さく唸《うな》った。建物の谷間にある小さな駐車場に、逸貴が声を張った。「田辺さん。斉藤さん」

またも息を呑《の》まざるをえなかった。ワンボックスカーの陰から、ハンチングをかぶった高齢者ふたりが身体《からだ》を起こした。隠れていたわけではない。ふたりともしゃがんで、地面に置いたバッグのなかを探っていただけのようだ。

高齢者のひとりがバッグを持ちあげ、こちらに近づいてきた。眼鏡のレンズが分厚いらしく、目が異様に拡大して見える。もうひとりも後につづいた。こちらは裸眼《らがん》だった。

逸貴が老眼鏡をかけたほうにいった。「田辺さん。猟友会に所属しておられるんですか」

「ええ」田辺がぽかんとした顔で応じた。「私も斉藤もですよ」

「副業ですか」

「まあね。いまどき猟師だけで生計を立てられる人は、まずいないので。たいていみんな本業を持ってます。農林業と造園業が多くてね。森が仕事場だからだろうな」

串澤が茫然《ぼうぜん》とつぶやいた。「農林業と造園業……？」

老眼鏡をかけていない高齢者、斉藤がうなずいた。「グリーンアンドアーツで働いてます。社員証、見せたほうがいいですか」

ふたりが財布から社員証をとりだした。環奈は絶句せざるをえなかった。株式会社グリーンアンドアーツ。オリエンタルワールドの向かいに社屋がある。同じグループ内の系列企業で、ランドとシーの造園や植栽管理を請け負っている。

田辺が運んできたのは、ベルトつきのウェストバッグだった。ファスナーが開いていて、中身が確認できる。地ごてや糸鋸《いとのこ》、ペンチ、金槌《かなづち》がおさまっていた。

串澤はうろたえだした。「じゃあ、パーク内の野鳥を見まわってたのは……」

「野鳥？」田辺が訝《いぶか》しげな表情になった。「私たちが監視してるのは木ですよ。枝が伸びすぎてないか、絶えず気にかけてるんです」

斉藤もしらけ顔でつづけた。「ま、鳥が枝に巣を作ったりすることもあるから、そこは注意してるかな」

「あのう」串澤が恐縮したようすできいた。「そういう場合は駆除を……？」

「いや。巣ごとていねいに移動するだけだ。パーク内の野鳥駆除は、グループの精神に反するとされてるし」

田辺も同意した。「春ごろホーンテッドマンションの裏に、カラスが巣をつくってね。でもゲストから見えないから、ほったらかしでな。夏までには巣立ったろう」

この状況にはぐうの音もでない。環奈は無言で立ち尽くすしかなかった。

斉藤が逸貴にきいた。「私たちは、もう引き揚げていいですか」

「はい。ご苦労様でした。人事としては早急に、植栽の監視管理部署を立ちあげたいと思います」

「お願いしますよ。うちも剪定《せんてい》で手いっぱいなので、オリエンタルワールドさんと管理を分担できれば助かります」

「前向きに善処いたします。では」

高齢者ふたりが駐車場へと立ち去った。ドアの開閉音が響き、ワンボックスカーのヘッドライトが灯《とも》る。エンジン音とともに走りだした。赤いテールランプが、グリーンアンドアーツの社屋方面に消えていった。

静寂が戻った。逸貴の探るような目が環奈をとらえた。「なぜ猟銃の使用を疑った？」

「いえ……。そのう、パーク内でカラスを見かけることが、ほとんどないので」

「それはきみらによる清掃の成果だろう。カストーディアルキャストが掃除を徹底してるから、カラスが飛来しないんだ」

「清掃だけが理由ですか？」

「もちろんカストだけでなく、知ってのとおりキャストも正社員もみな、パーク内でゴミを見つけたら拾う規則だ。ただしメインの清掃はカストが担《にな》ってる。カストの掃除が行き届いているのが最大の理由だ。トレーナーにそういわれなかったか？」

「キャストを励ますための誇張だと思ってました……」

逸貴がため息をついた。「まったく、あきれんばかりの自己肯定感の低さだな。自分たちの仕事が信じられないのか？」

串澤はたじろぐ反応をしめしつつも、震える声を搾《しぼ》りだすように響かせた。「逸貴さん。自分たちの仕事だなんて、そりゃ信じられません」

「どういう意味だ」逸貴が串澤にきいた。

「僕らは本当の意味での、ディズニーランドの裏方じゃありません。現にパレードビルに入るのは御法度《ごはっと》じゃないですか。半分しろうと扱い、ゲストのままです。僕らキャストは依然、作りものの夢を享受《きょうじゅ》しながら働かされてます。それはそのう、つまり、労働者として信用されてないというか、見下されてるっていうか」

「……ああ」逸貴がつぶやいた。「正社員とは異なるお客様扱いが不服か」

「馬鹿《ばか》にされてるみたいで嫌なんです。バックステージでもミッキーはミッキーのままだなんて。もっと信頼を置かれたうえで、いろんなことを知って、なんでも任されていいはずです」

環奈は驚いた。串澤も自分とほぼ同じ悩みを抱えている。いま彼が言葉にしたすべてに共感できる。

仕事についてまわる虚しさは、おそらくそこに生じている。極度に限定された業務内容、知るすべのない企業秘密。まるで機械のように、ひとつの仕事のみをこなすよう強いられる。だが環奈たちは人間だった。もっと可能性を広く持ちたい。

ふいにスマホの着信音が鳴り響いた。逸貴がスマホをとりだし応答した。「はい。……ええ、ここにいます。一緒です。……申しわけありません。ただちに報告にうかがいます」

やけに丁重な物言いだった。逸貴は苦い顔で通話を切り、スマホをしまいこんだ。

「永江」逸貴が物憂《ものう》い表情でささやいた。「いまの電話は本社からだ。カストのトレーナーが、永江と串澤の姿が見えないと上に報告した。すべての社員に対し、ただちに確認が求められた。私はきみらと一緒にいたのに、すぐに持ち場に戻らせず、本社にその事実も伝えなかった」

「そんな」環奈は衝撃を受けた。「まだほんの十分少々……」

逸貴が鼻を鳴らした。「居残りゲストが問題視されてる現状だぞ。しかも閉園時刻前後だ。半分ゲストも同然のキャストは、行動を逐一、厳重に管理されるのが筋だ」

環奈は言葉に詰まった。立場を軽視されているなどと、不満は口にできない。信頼が足りないと主張しておきながら、厄介をかけているのは環奈と串澤のほうだった。これでは自己矛盾を露呈したにすぎない。串澤もばつが悪そうな顔で下を向いた。

しばし沈黙があった。逸貴がため息まじりにたずねてきた。「ゲスト扱いは嫌だといったな？　ちょうどいい、一緒に来い。夢から醒《さ》めたらどうなるか、知る機会だ」

本社

逸貴に連れられ、環奈と串澤はオリエンタルワールド本社棟に入った。過去にいちども足を踏みいれたことのないフロアだ。大手一般企業のオフィス然としている。広々とした室内を、整然と並んだ事務机が埋め尽くす。

この時間になると、居残る社員はごくわずかだった。ここがどういう部署かは判然としない。ドアを入る前、プレートを見る余裕さえなかった。部署内の最高責任者用とおぼしき、ひときわ大きなエグゼクティブデスクがある。逸貴はそこにまっすぐ向かっていき、倉津《くらつ》さんと声をかけた。頭の禿《は》げた中年のスーツが倉津だとわかった。

倉津は最初から憤《いきどお》っていた。開口一番、倉津が小言を発した。「きみがまともに仕事のできない人間だとは思わなかったぞ。キャストと一緒ならなぜそう伝えてこない。どうして持ち場を離れさせた？」

逸貴が神妙に頭をさげた。「申しわけありません」

環奈は怖《お》じ気づきながらも弁明した。「すみません……。わたしたちが勝手に職務を放棄してしまったんです。逸貴さんと出会ったのは偶然で……」

すると倉津が片手をあげ制した。驚いたことに、倉津は控えめな物言いで告げてきた。「いいんだ。きみらキャストが悪いんじゃない。いま彼と話しているから、そっちでまっててくれないか」

デスクのわきに衝立《ついたて》があり、その向こうにソファが見えていた。

指示に従わざるをえない。環奈は沈黙し、ソファに移動した。串澤もひきつった顔で、横に並んで座った。倉津は相手によって態度を変えている。正規の部下と、半分ゲスト扱いのキャスト。環奈らは叱責《しっせき》の対象とすらみなされていない。

衝立の向こうから、倉津のひそひそとささやく声がきこえる。「きみも部下を持つ立場だろう。会社にダメージをあたえるレベルのミスを犯してはならない」

「はい」逸貴の声が応じた。

「ならなぜ放置した？　閉園直前にキャスト二名がいなくなるというのは大問題だぞ。現場のスーパーバイザーやトレーナーが責任を問われることになる。どうあっても報告義務が優先すると、なぜわからない」

「ご指摘のとおりです。反省しております」

「不充分だ。人事に携わる者がそんなことでどうする。もっとマクロな経営者的視点で考えろ」

「はい」

「時間の損失はコストに直結する。有形固定資産のコストは年々上昇しているため、無形固定資産について切り詰めていかねばならない。小さな油断が長期の収支に少しずつ影響をあたえ、結果として大きな損益につながる。組織の円滑な運用にあたり、気を抜いてはならない」

「以後いっそう心がけます」

環奈は唖然《あぜん》としていた。まるで異世界に飛びこんだようだ。

本来ならこのオフィスのほうこそ、きわめて正常な社会のひとコマであり、青白服の環奈と串澤はイレギュラーな存在だろう。しかしディズニーランドで働きだしてから、舞浜の職場というのは、世間の一般企業と根本的にちがうと信じた。アメリカ風味のファンタジー世界、そんなどこか現実離れした空気が、バックステージにまで漂っていた。

ところがそうではなかった。オリエンタルワールドは一企業だ。日本人が経営する、日本にある会社だ。

倉津の小言には、ランドやシーへの具体的な言及がない。世界観を前提とした発言はいっさいない。ここは本物のバックステージだった。夢や魔法とは完全に切り離された、冷静に収支の算出のみに徹する、人間社会の一翼を担う組織。娯楽産業と認識しつつ、すべてはあくまで大衆の欲求を満たすビジネスととらえ、それを支えるため詳細な戦略を必要とする。

キャストが研修で習うホスピタリティなど、オリエンタルワールドの本質ではなかった。あれはいわば現場の知恵でしかない。いまそのことを痛感させられた。本社の人間は、現場の猥雑《わいざつ》な作業を超越した環境に身を置いている。社員どうしの信頼の構築は、いかに仕事を完璧《かんぺき》にこなすか、その一点にかかっているようだ。

倉津のささやきがつづいた。「逸貴君。テーマパーク事業は固定費割合が高い。人件費の大半はアトラクション運営費だ。清掃部門には一定以上にコストを割けない。そっち方面の人材がいかに貴重かは、人事部のきみならわかっていて当然と思うが」

感情をぶつけるばかりではなく、丁寧にいってきかせようとする。なにが悪いかを具体的に論ずる。理解したうえで反省するよううながす。いわゆるブラック企業体質ではない。

有形固定資産、無形固定資産と倉津はいった。有形とは土地や建物のことだろう。正社員にとってディズニーランドにあるのは、シンデレラ城やミッキーの家ではなかった。それらがそう見えているうちは、半分ゲストのキャストでしかない。

幻想にとらわれない現実の世界。カリブの海賊のボートも、コースに水流を生じさせる動力も、ジャック・スパロウのロボットも、なにもかもが企業の固定資産だ。むろん課税対象であることを、経営陣はけっして無視できない。

倉津の声がきいた。「きみがバックステージにいた理由は？」

逸貴がぼそぼそと応じた。「グリーンアンドアーツの剪定担当者から相談を受けておりました。本社の側にも造園管理の責任者を用意してほしいと」

「そこになぜキャストふたりが来た？」

しばし沈黙があった。逸貴がさらに小さな声でいった。「カストーディアルキャストは全員、警備に協力し、居残りゲストを探しております。永江と串澤は、グリーンアンドアーツの社員を不審者と思い、追いかけてきたようです。私の監督不行き届きです」

環奈は衝撃を受けた。逸貴は環奈と串澤をかばう気だ。

倉津がなおも苦言を呈した。「それならすぐにトレーナーに連絡を……」

スーツがひとり近づいてきた。後《ご》藤《とう》大輔《だいすけ》だった。衝立の向こうに頭をさげる。「失礼します」

驚きのあまり環奈は立ちあがった。なぜ後藤が現れたのか。串澤も腰を浮かせた。自然に衝立の向こうが目に入った。倉津はデスクにおさまったまま、怪訝《けげん》な顔で後藤を見上げた。

「あのう」後藤がいった。「グリーンアンドアーツから連絡がありました。偶然にも、社員がふたりとも猟友会の人間だったため、ご迷惑をおかけしたと」

「猟友会？」倉津が妙な表情になった。

「はい。若いキャストふたりが、猟銃の使用を疑い、バックステージまで追いかけてきたようだと」

「……だが独断で持ち場を離れるようなことじゃないだろう」

「不審人物を見かけたら、その行動を確認することは、すべてのキャストに課せられた義務です。まして猟師と知ったうえでは無視できません。一方的に疑いを持ったのは、結果として誤りではありましたが、キャストの判断としてはまちがっていないと思います」

「なぜ猟友会だとわかった？」

串澤がうわずった声で衝立越しに答えた。「あのですね、僕がたまたま浦安市猟友会のサイトを見て、よくインパしてる高齢者ふたりだと気づきまして」

倉津は真顔になった。わずかに当惑をのぞかせながら、唸るようにいった。「よく気づいた。保安も全キャストの義務だ。居残りゲストの捜索が急がれる現状でもある。正しい判断だった。とすると、逸貴君」

「はい」

「キャストとグリーンアンドアーツ社員が揉《も》めた場を、きみはうまく取り持ったわけだな。そのために時間がかかったのか」

逸貴が複雑な面持ちでささやいた。「いえ。あのう……」

後藤はうなずいた。「そのとおりだと先方の社員がいっております」

「わかった」倉津が腰を浮かせた。「各方面に気配りのきいた行動だった。弁解の材料としなかった謙虚さも評価できる。だが逸貴君、今後はもっとすなおになれ。きみへの小言は的外れだった」

「そんなことは……」逸貴は口ごもり、深々とおじぎをした。「恐縮に存じます」

「キャストをちゃんと送っていけよ。以上だ」

緊張がにわかに緩和された。一同が顔を見合わせた。逸貴の表情にも安堵《あんど》のいろがのぞいている。後藤は微笑していた。

もういちど全員で倉津に頭をさげ、フロアをあとにした。誰もひとことも喋《しゃべ》らず、黙々と通路を歩いていった。ビルをでたとき、夜風が吹きつけてきた。舞浜に特有の冷たい潮風だった。

バックステージを歩きながら、逸貴が後藤にささやいた。「すまない」

後藤が快活に応じた。「しょうがないですよ。鉄砲でカラスを撃ってるって噂《うわさ》は、週刊誌にも載ってたぐらいですし」

環奈は意外に思った。後藤は逸貴に頭があがらない、そんなふうに頼りなく感じてきた。けれども正社員どうしの関係は、そう単純ではないようだ。

これが大人の世界か。ふだん虚飾に満ちた態度が小ずるく見えたりもするが、じつはもっと重要な、根の深いところでつながりあっている。

「永江さん」後藤が穏やかにいった。「僕はキャスト時代、最初からパレードビルに出入りした。きみたちとは逆の不満を持ってたよ。ミッキーがミッキーじゃなく、人間でしかない。なにもかも現実主義、夢がなさすぎて淡泊のきわみだって」

また後藤の発言に驚かされる。環奈と串澤は、後藤の前では不満を口にしていない。しかし後藤は環奈らの本心に気づいていた。

後藤がつづけた。「これが正社員の世界だよ。僕も以前は理解できなかった。ほぼ半世紀前に埋め立てられた東京湾の一角、その上に施設群というハードと、人材というソフトがある。正社員の目に映るのは、国民全員に見えてるディズニーランドじゃないんだ。夢と魔法の国から、夢と魔法を取り除いた、実体だけを見つめてる」

本社とはそういうものなのだろう。環奈は歩きながらささやいた。「さっき逸貴さんがおっしゃってましたよね。夢から醒めたらどうなるか知る機会だって」

逸貴はため息をついた。「会社は無から有を生みだした。鉄鋼業と海苔《のり》養殖しかなかった舞浜に、大金を投じ、幻想を見られる場所を設けた。ここでは二段階に夢がつくられる。まず正社員が準社員に幻想の場を提供する。準社員たるゲストたちは、さらに大きな幻想を現出し、キャストを夢見心地にさせる」

世界じゅうの人々が、舞浜に夢と魔法の国があると信じ、いつでも遊びに行ける。だが正社員らに夢と魔法は見えない。認識できるのは常に埋立地の運用施設と、そこに展開するビジネスのみ。

現実の社会と、徹底した夢の世界との落差は大きい。両者のあいだを行き来する仕事はシビアだ。本当は夢の世界などありはしないのだから。

だから準社員には、キャストであると同時に、半分ゲストのままでいてもらおうとするのだろう。国民の誰もが見られるはずの夢を、完全に奪い去ることがないように。

串澤がおずおずといった。「準社員に辛《つら》い現実を見せないようにしてたんですね……」

逸貴が笑った。初めて見せた笑顔だった。「そう深刻に考えるな。でもきみらは二万人もいる。大半がまだ若い。現実と向き合うのは、私たちだけでいい。東京湾のヘドロのにおいを嗅《か》ぎ、液状化を心配し、ペンキの退色にともなう塗り直しの費用に頭を痛めるのは、私たちにまかせとけ」

準社員のキャストも、ゲストにくらべれば、さまざまな現実に直面する。清掃はもちろん、ファイアーキャストという消防隊員、ディストリビューションキャストなる配送業者もいる。しかしその誰もが、ディズニーランドという既存の世界で働いている。無から有をつくりだした本社のほうは、魔法を維持すべく、絶えず現実のなかで切磋《せっさ》琢磨《たくま》する。二万人のキャストも含め、みなの夢を醒まさせないように。

パーク内の本社棟寄りには、蒸気船が運航するアメリカ河がある。よってオンステージと結ばれる出入口がない。最も近いキャスト専用ゲートは、スプラッシュマウンテン付近になる。

しばらく歩くうち、そのゲートにつづく通路前に達した。ふたりの正社員が立ちどまった。後藤がいった。「僕らはここまでだ。なるべく早くカストの仲間と合流しなよ。吉島君には、きみたちを怒らないよう連絡してあるから」

環奈は思わず微笑した。「ありがとうございます。後藤さん。逸貴さん」

串澤とともにゲートへと向かおうとする。そのとき逸貴が声をかけた。「永江」

ふと足がとまった。環奈は振りかえった。逸貴のいつになく澄んだ目が環奈をとらえた。

静かな物言いで逸貴が告げてきた。「頑張れ。カストーディアルキャストでなければできないこともある」

潮騒《しおさい》のようにこみあげる心の昂揚《こうよう》がある。環奈はささやいた。「はい」

キャストふたりでゲートへと歩きだす。串澤が耳打ちしてきた。「そんなに悪いやつじゃなかったな」

環奈は苦笑した。ゲートを抜けると、その先は夢と魔法の世界だった。ゲストが退去し、閑散としながらも、ディズニーランドの一角にちがいない。異次元から帰ってきた、環奈はそう思った。ずっとここにいたい。

降雨

最終選考会の火曜を迎えた。環奈はきょうもクローズドキャストのシフトだった。正午前、舞浜駅前の空は厚い雲に覆われている。いまにも雨が降りだしそうだ。環奈は歩を速めた。ディズニーランドに着いても、屋外のため雨風はしのげない。それでも私服がずぶ濡《ぬ》れになるよりましだった。早くカストのコスチュームに着替えてしまいたい。

道路沿いの歩道から、オリエンタルワールド本社ゲートを入ろうとしたとき、スマホが鳴った。環奈はわきに寄って立ちどまり、スマホをとりだした。画面に未穂と表示されている。姉からの電話だった。

じれったく思いながら環奈は応答した。「はい」

「環奈？」姉の声がきこえた。「きょうのことだけどさ、お母さんも一緒に行くって」

「……なんで？」

「なんでって、招待券をくれたからでしょ」

「お姉ちゃんが無理に要求したんじゃん」

「五枚もあるのに、わたしひとりだけ行くなんて、もったいないじゃん」

思わずため息が漏れる。環奈はいった。「最終選考会なんて、社内のイベントだし、たいして面白くないよ」

「ミッキーやミニーは来るんでしょ？」

「いちおう」

「なら充分。環奈の晴れ舞台も観《み》られるだろうし」

いっそう重い気分にとらわれる。説明するのも嫌になる。環奈はおっくうな声の響きを隠さなかった。「マジックはやんない。禁止された。舞台に立ってスピーチするだけ」

「……そう。でもさ、応援してるから」

「誰が？」

「わたしが」

「誰を」

「環奈を」

沈黙が降りてきた。微妙な空気を感じながらも、どこかくすぐったくもあり、居心地悪さもいっこうに消えない。この複雑な心境はなんなのだろう。

ふだん刺々《とげとげ》しい言葉の応酬ばかりでも、気まぐれな心の交流が唐突に復活しうる。それが姉妹という関係のややこしさだった。そんなに綺麗《きれい》なきょうだい愛など、ふたりのあいだにあるはずもない。しかしときどき、それをあるものとして頼りたくなる。姉妹には共依存めいたところがあるのかもしれない。

環奈は電話を通じ、姉にいった。「あのさ」

「なに？」

「お母さんを誘ったのはお姉ちゃんでしょ」

「なんで？」

「そりゃ、お母さんが自分で行くっていうわけないし。そもそも最終選考会のことなんか知るはずない」

姉のため息がノイズとなって環奈の耳に届いた。姉の声がささやいた。「たしかに教えたのはわたしだけどさ、お母さんは自分から行くっていったの」

「嘘《うそ》」

「なにを根拠に嘘だっていうの？」

「だってお母さんがそんなこと……」

「環奈が職場でどんなふうなのか、たしかめたいってさ」

思わず黙りこんだ。環奈の胸のうちに空虚さがひろがった。

冴《さ》えないカストーディアルキャストのコスチュームで、ひとり舞台に立ち、ただスピーチするだけ。ほかの候補者らが、得意のダンスや歌を披露するなか、環奈にはなにもない。そんな日に母や姉を招きたくなかった。

ぼやきが環奈の口を突いてでた。「どうせ来るなら、ディズニーランドに来てほしかった。働いてるとこを見たいなら、そっちのほうがいいじゃん」

「なら舞浜アンフィシアターに行く前に、ディズニーランドにも寄ろうかな。ひさしぶりだし」

「やめてよ」

「なんで？」

また言葉がでなくなる。母や姉に見せたかったのは、あの特製の可憐《かれん》なコスチュームを着て、トイブルームのマジックを披露していたときだ。大勢のゲストを喜ばせている、その瞬間に立ち会ってもらいたかった。

いまの環奈はちがう。ただのカストーディアルキャストのひとりだ。母が忌《い》み嫌う、清掃スタッフそのものの姿。ほかにはなにも見せられない。

環奈はつぶやいた。「お母さんが思ってたとおりの光景があるだけ」

「どういう意味？」姉がきいた。

「べつに」環奈は姉の返事をまたず、通話を切った。

スマホをしまいこみ、ゲートのなかに歩きだす。顔に冷たいものが当たった。ぽつぽつと雨が降りだした。どうせなら土砂降りになればいい。涙を堪《こら》える必要もなくなる。

存在意義

日没後、パークの雨風が強さを増した。きょうはずっと天気が荒れ模様だった。環奈らカストーディアルキャストはみな、雨合羽を羽織っている。

「東京ディズニーランドからのお知らせです」で始まるアナウンスを頻繁にきいた。

アナウンスの冒頭がこの文言だった場合、ゲストにとって嬉《うれ》しくない報《しら》せを意味する。午後のパレード中止、花火も中止。

今夜はエレクトリカルパレードもなかったが、代わりにナイトフォール・グロウだけは実施された。たった四台のフロートからなる、雨の日限定のパレード。キャストらには幸いだったかもしれない。大半が早めに舞浜アンフィシアターに移動したがっていたからだ。

環奈はアンバサダー候補のひとりだったが、そんなに急ぐ気にもなれずにいた。閉園時刻が迫っても、ほかのカストーディアルキャストらとともに、懐中電灯で茂みを照らしてまわった。

居残りゲストが連日連夜、防犯カメラにとらえられている。まだいっこうに捕まる気配がない。警備も総出で捜索していた。カストも全面的に協力する。このところ毎晩のことだった。

今夜は社内イベントがあるため、いつもより早い時間にＢＧＭが途絶えた。録音されたアナウンスが厳かに流れる。「みなさま、東京ディズニーランドは閉園時間となりました。楽しい一日をお過ごしいただけましたでしょうか？　またお越しいただける日を、心よりおまち申しあげます。本日は、ご来園ありがとうございました。お気をつけてお帰りください」

降りしきる雨が、雨合羽のフードに耳障《みみざわ》りなノイズを生じる。環奈は眞結香《まゆか》とともに行動していた。シンデレラ城のお濠《ほり》付近の木立を照らしながら、眞結香がきいてきた。「先に抜けたら？　アンフィシアターに行きなよ。吉島さんも許可したでしょ」

環奈は首を横に振った。「みんなと一緒にあがる」

「やばいって。遅くなるじゃん」

「だいじょうぶ。出番は最後から三人目だし、ちゃんと間に合うってきいてるし」

行きたくないわけではない。勝負から逃げてもいない。例のパフォーマンスは披露しなくなったものの、それ以降も正社員やキャストらによる評価は上々で、順位も二位から動いていないときいた。愚直に掃除に精をだすさまが、かえって感心だと受けとられたらしい。意図したことではなかったが、希望はつながれた。最後のアピールタイムも全力で臨むつもりだった。たんなるスピーチであっても、心をこめてうったえれば、思いが通じる可能性はある。

心配なのは母が来ることだった。清掃に注ぐ努力を言葉にしたところで、理解してくれるとは思えない。アンバサダーに任命されないかぎり、母はカストーディアルキャストの存在意義を認めはしない。

お濠の真っ暗な水面で、なにかが動いた。環奈ははっとして懐中電灯の光を差し向けた。眞結香の懐中電灯も同じところを照らした。

闇のなかに浮かびあがったのは、すいすいと泳ぐカルガモの姿だった。小さなヒナを何匹も連れている。眞結香が笑い声をあげた。環奈もつられて笑った。

だしぬけに誰かの叫び声が響き渡った。「そこだ！　逃がすな！」

環奈はどきっとして振りかえった。回転木馬のほうから、セキュリティオフィサーとカストーディアルキャストの群れが押し寄せてくる。追われている人物が先頭にいた。痩《や》せ型、パーカーを着た男。前にも遭遇した。防犯カメラに記録された人物とも、背格好がよく似ている。いや同一人物だろう。まさしく居残りゲストだ。

仮に無断で居残ろうとするゲストを見つけても、キャストはふつう、声を荒《あら》らげないきまりだ。ましていまは、まだ閉園時刻を迎えて間もない。うろつくゲストを目にし、たとえそれが常習犯だと気づいても、笑顔でゲートに案内する。ゲートではキャストが勢ぞろいし、最後のゲストの退出を拍手しながら見送る。叱《しか》るのではなく、むしろホスピタリティにうったえることで、当事者の反省をうながす効果がある。研修でもそう習った。

しかしこの人物の場合はちがう。常習どころの騒ぎではない、あきらかに悪質だった。そのせいだろう、追うセキュリティオフィサーらの発声にも遠慮がなかった。とりわけ岩野の声が力強く反響した。「まて！　とまれ！　とまれってんだよ！」

逃げる男は石畳の上を、まっすぐこちらに向かってくる。眞結香があたふたと後ずさった。「ちょ、ちょっと！　こっちに来ないでよ！」

環奈はその場に留《とど》まっていた。勇気が生じたわけではない、すくみあがって足が動かない、そんな表現のほうが的確だった。それでも男が間近に迫っている。追っ手とはまだ距離がある。このまま男がシンデレラ城前広場に抜ければ、あらゆる方向への逃走が可能になる。どこかの木立に隠れてしまうかもしれない。

男が野太い声で怒鳴った。「どけ！」

その発声に突き動かされるように、環奈は反射的に飛びだした。なにも考えず、ただ男にしがみつき、突進を遮ろうとした。

ほとんど正面衝突に近かった。環奈は弾《はじ》き飛ばされた。と同時に、男も仰向けに転倒するのを目にした。ただしその光景は一瞬にすぎなかった。環奈はうつ伏せに水たまりのなかに叩《たた》きつけられた。冷たさと痛さが全身にひろがる。水飛沫《しぶき》があがるなか、環奈は勢いあまって、硬い石畳の上を転がった。

眞結香が悲鳴とともに駆け寄ってきた。「環奈！　だいじょうぶ⁉」

環奈は身体を起こそうとしたが、全身が痺《しび》れて力が入らなかった。それでも無事なのを眞結香に伝えたかった。なおも突っ伏したまま、くぐもった声で返事した。「なんとか……」

カストのコスチュームがひとり、小走りに近づいてきて、環奈を助け起こした。シニアキャストの久保だとわかる。歳《とし》のわりに腕力があった。久保の心配げなまなざしが、環奈の顔をのぞきこんだ。

「怪我《けが》は？」久保が見つめてきた。「無茶をなさらないでください。永江さんはきょうステージに立たなきゃならんのですよ」

近くでセキュリティオフィサーとカストーディアルキャストらが、折り重なって這いつくばっていた。大勢でひとりの男を押さえこんでいる。岩野の怒鳴り声がこだました。「じたばたすんな！　いいかげん観念しろ！」

身柄を確保された男は、パーカーのフードが脱げ、薄くなった頭髪を晒《さら》していた。年齢はわりと若く、まだ三十代半ばぐらいだ。ずり落ちそうな眼鏡の奥で目を怒らせ、わめき散らした。「畜生！　落とし物を見つけられねえおまえらが悪いんだろ！　遊んでんじゃねえぞ、清掃員ども！」

環奈は肝を冷やした。男に怯《おび》えたのではない。ただどういうわけか、濡れたコスチユームに全身の体温が奪われていく。清掃員ども、男はそう一括《いっかつ》した。なんらかの責任を問われている。いままでの仕事に落ち度はなかった、胸を張ってそういえるだろうか。

事情

ワールドバザールの裏にあるセキュリティオフィサーのオフィスに、大勢のコスチュームがひしめいている。顔ぶれはセキュリティオフィサーとカストーディアルキャストばかり、みなびしょ濡れの雨合羽を着たままだった。

　室内の壁にはモニターが並び、パーク内の防犯カメラ映像が、リアルタイムで映しだされている。ほかには事務机やアルミ製の書類棚が連なるのみ。照明は蛍光灯。内装の味気なさは、ここがバックステージの一角なのを物語る。

　パーカー姿の三十代半ばが、事務机わきのパイプ椅子《いす》に、うなだれて座っていた。男はここにエスコートされたのち、すなおに運転免許証を提示した。TDRでは連行をエスコートという。名前は檜《ひ》山《やま》中樹《のぶき》。住所は千葉県木《き》更津《さらづ》市。

　檜山を囲むように立つのは、岩野らセキュリティオフィサーの屈強そうな面々だった。環奈は眞結香や久保とともに、そこから距離を置いて立っていた。カストーディアルキャストの一同は、自然に脅威から遠ざけられている。セキュリティオフィサーたちがこぞって檜山に詰め寄っているからだ。

岩野が事務机の電話から受話器をとりあげた。「警察を呼びます」

すると檜山の顔があがった。曇った眼鏡を通じ、据わった目が岩野を見上げる。

「呼べよ。警察が来るなら願ったりだ。窃盗容疑でおまえらを告発してやる」

異様な沈黙がひろがった。岩野が硬い顔で受話器を叩きつけた。腕組みをしながら檜山を見下ろす。岩野がきいた。「なんの話ですか」

檜山が左手をかざした。「見えるかよ、この薬指の日焼け痕《あと》」

「指輪の痕ですか」

「ディズニーランドにいたときになくした。まだ買ったばかりで、嬉しくて、ことあるごとに指から外して眺めたりしてた。ふと気づくとどこにもなかった」

「……大切なものなんですか？」

環奈は思いつくままを口にした。「婚約指輪か結婚指輪」

しんと静まりかえった室内で、檜山がまた視線をおとした。「結婚指輪だ。俺みたいな鳶《とび》職が、必死で働いて得た金で、やっと買えた。結婚相手はまだ十八。親の反対を押し切って、駆け落ちも同然にくっついた」

岩野は淡々とした態度でいった。「気の毒に。だが自分の不注意でしょう」

「おい」檜山が岩野の顔を仰ぎ見た。「それがディズニーランドのキャストの態度かよ。口の利《き》き方に気をつけろ」

「悪かったですね。世間じゃいつでもにこにこ笑って、万引き犯にも仏みたいに寛大な心で接するなんて噂が流布《るふ》していますが、んなわけねえだろって話です。夢や魔法の国だからこそ、裏は厳しいんですよ」

「俺が気に食わねえなら、さっさと警察を呼べばいいだろ。指輪を盗んだのはおまえらだ」

「さっきも窃盗とかいってましたね。なにをもってそんな主張をするんですか」

「ディズニーランドじゃ落とし物は九割の確率で見つかるんだろ？　客が拾ったらまず届ける。それ以前に、頻繁に掃除してるやつらがいるから、落とし物や忘れ物をめざとく見つけるそうじゃねえか」

「べつにそのことを確約してるわけじゃありませんよ」

「ティファニーのダイヤの指輪だぞ！　十八万円もするやつだ。清掃員が拾ってネコババしなかったとどうしていえる？」

「ネコババしたとはどうしていえるんですか」

「九割の確率で見つけられるんなら、拾った可能性が高い。こっそりそのまま持ってったんだ。落とし物を発見するのは清掃員がいちばん多いんだろ？　なら清掃員が怪しいじゃねえか」

「乱暴な意見ですね」岩野が軽蔑《けいべつ》のまなざしを檜山に向けた。「指輪をなくしたのはいつですか」

「先月の二十一日」

「場所はどのあたりかわかりますか」

「可能性が高いのはファンタジーランドだ。結婚相手はあのへんが好きだから、俺もずっとそこにつきあわされた」

「時間は？」

「夕方ぐらいだ。暗くなりかけた午後五時ごろ」

　岩野がカストーディアルキャストのほうにきいた。「先月の二十一日、午後五時、ファンタジーランドの清掃担当は？」

　トレーナーの吉島が苛立《いらだ》たしげに応じた。「檜山さん。いままで何度も、メインストリート・ハウスのほうに問い合わせをなさいましたよね？　まさか居残ってたのが檜山さんだとは思いませんでしたが」

　檜山がまた逆上した。「おまえらが無視するからだろうが！」

「無視なんかしてません。先月の二十一日は月曜ですし、そのときのことは調査済みです」

「ああ、月曜だ。鳶職は休みが不定期でよ。高校を辞めた結婚相手も、美容師見習いをしてるけど、その週は月曜休みだった」

　吉島は唸《うな》った。「ファンタジーランドといっても広いから、ロケーションは細かく分担されています。うちのシフトではその時間、久保さんと、萩田……」

　シニアキャストの久保が目を丸くした。眞結香も面食らう反応をしめした。

「はあ⁉」眞結香が声を張りあげた。「なんの話ですか？　わたしたちがその時間、掃除をしてたってだけで、なんで疑われなきゃならないんですか」

　檜山が眞結香をじっと見つめた。「あんた、俺の結婚相手と同じぐらいの歳か。男用の太い指輪は、細く直せるんだよな。しゃれたティファニーの指輪なら、思わずポケットに滑りこませちまうことも……」

「ありえません！　拾った物はすぐメインストリート・ハウスに届けるきまりです」

「だからそれをネコババしたんじゃねえかってんだよ！」

岩野は冷やかな面持ちのままだった。「檜山さん。連日、閉園後もパーク内に居残ったのは、指輪を探すためだったんですか」

べつのセキュリティオフィサーが、檜山のリュックを逆さにし、中身を事務机の上にぶちまけた。「それも寝袋やキャンプ用品持参で」

「ああ」檜山は悪びれずに反論した。「おまえらが頼りにならないから、自分で探そうと思っただけだ。営業時間内じゃ立ち入れない場所もあるからな。そういうところに転がりこんじまってたら、誰にも見つけられねえ」

「変でしょう」岩野が低い声でささやいた。「カストーディアルキャストの窃盗を疑っておきながら、パーク内に落ちてると思ったんですか」

「おまえらも指輪は拾ってないって主張してるじゃねえか。そんなふうにいいわけするのは目に見えてた。だから徹底的にファンタジーランドを調べ尽くして、どこにもないのを証明しようとしたんだよ」

「もし指輪が落ちてるのが見つかったら、カストを疑ったあなたの勘ちがいってことになりますが」

「そうだったとしても、親身になって探そうとしなかったほうが悪い！　ディズニーランドの客が、必死にうったえてるんだぞ。それをホームページのメールフォームから申請しろとか、見つかったら連絡しますとか、杓子定規《しゃくしじょうぎ》な応対だけで済ませやがって。おまえら金持ちの家に生まれた子供に、俺の苦労がわかるかよ」

「僕らが金持ちに見えますか」

「鳶職の俺にくらべりゃ金持ちにきまってる」

「ディズニーリゾートでも、多くの鳶職のかたが働いてますよ」

「そういうのは鳶職のなかでもエリートなんだよ。木更津で十五坪の家を建ててる俺を馬鹿《ばか》にする気か」

岩野が怒りのいろをのぞかせ、ふたたび受話器に手を伸ばした。「やっぱり警察に……」

ところが檜山は身を乗りだした。受話器が取りあげられないよう両手で押さえこむ。一転して弱気になった檜山が懇願した。「頼む。結婚相手はもともとバイク仲間だった。でも向こうの親が厳しくてよ。鳶職との年の差婚なんて反対だってんだ」

「鳶職は関係ないと思いますが……」

「いや。俺は誠意の証《あかし》に指輪を贈った。夫婦ふたりぶんの指輪を買うことで、決意の強さをしめした。向こうの親はようやく折れて、結婚式も来月にきまった。なのに指輪をなくしたことを、向こうの親が知ったら……」檜山の声は情けない響きを帯びだした。ほとんどすすり泣くも同然に檜山は嘆いた。「俺はおしまいだ！　あの指輪がなきゃどうにもならねえ」

岩野は頭を掻《か》きむしった。うなだれた檜山を後に残し、岩野がカストーディアルキャストらのほうに歩いてきた。

「さて」岩野が吉島に小声できいた。「どうします？」

吉島も難しい顔になった。「いってることは無茶苦茶だが、結婚指輪をなくしたのは事実かもしれない。それで混乱してるんだとすれば……」

カストの串澤《くしざわ》が口をはさんだ。「ありゃクレーマーというかモンスター客ですよ。どう対応しようが難癖をつけてくるタイプです。自分のことは棚に上げて、人を非難することで不満を解消しようとする。警察にまかせたほうが無難です」

「そうなんだが……」吉島が神妙な顔になった。「岩野。いま俺たちは、居残りゲストの捜索のため、こうして大勢そろってる。もうしばらくファンタジーランドを調べちゃどうだ？」

「え？」岩野が驚きの目で吉島を見つめた。「本気ですか。あいつのいうことを真に受けて、指輪を探そうって？」

「本人は連日居残った理由を指輪だといってる。いまもそれがどれだけ大切か、マジにうったえてただろ。さっさと警察に身柄を引き渡すのが最善策か？」

「最善策だと思いますが」

「うちのキャストがふたり窃盗を疑われてる。濡《ぬ》れ衣《ぎぬ》を晴らしたい思いもある」

「吉島さん。濡れ衣だなんておおげさな。あいつの戯言《たわごと》にすぎないじゃないですか」

　すると眞結香が真顔でつぶやいた。「わたしもいちおう、そのときのシフトなので……。本心としてはファンタジーランドに行って、それらしい物が落ちてないか探したい」

　串澤が顔をしかめた。「なにいいだすんだよ」

「だって」眞結香がむきになった。「泥棒扱いされたくない。盗んでなんかいないけど、もし指輪を落としたのが事実なら、気づけなかったことに後ろめたさがある。キャストは隅々まで地面を見てなきゃいけない。落とし物が目にとまらなかったんなら、サボってたと疑われても仕方がない」

「どうかしてるぞ」串澤が憤然と声を荒らげた。「これからみんなで馬鹿正直に、パーク内を探しまわろうって？　あるかないかわからない指輪を？　泣ける話だな。ＴＤＲのホスピタリティってやつか。でもそんなの都市伝説だよ。俺たちがいちばんよくわかってる。みんなただのバイトだぜ？」

世間のキャストのイメージと、現実のあいだに乖離《かいり》があるのはたしかだ。ここでの会話を耳にしたら、多くのゲストは耳を疑うだろう。誰もが人間にすぎないとわかっていても、ＴＤＲでは教育が行き届いていて、暴言など吐かないと信じる向きもある。むろん裏側ではそんなことはない。串澤のいうように、キャストはバイトの集まりでしかない。

だが環奈の心はひとつにきまっていた。「議論してるより、探し始めたほうがいいと思う」

串澤が信じられないという顔になった。「おい永江……」

「どうせ毎晩、居残りゲストを探すために、終電近くまで残業させられてきたでしょ。せっかく頭数《あたまかず》はそろってるんだし、ゲストが大切なものをなくしたっていうんだから……。キャストの務めとか、そんな偉そうな話じゃなくて、探すこと自体は悪くない」

また沈黙が生じた。シニアキャストの久保が気遣わしげに発言した。「永江さん。あなたは最終選考会に行かないと」

吉島が険しい表情になった。「俺たちが捜索する。永江。きみはすぐアンフィシアターへ移動しろ」

「いいえ」環奈は拒絶した。「まだ時間はあります。ぎりぎりまで、みんなと一緒に指輪を探します」

ひとりでこの場を離れたくない。眞結香やシニアキャストの久保が八つ当たりを受け、窃盗犯呼ばわりされる状況を見過ごせない。カストの一員として、あくまで責任を果たす。たとえ指輪が見つからなくても、そうでなければ自分に納得できない。最終選考会のステージでスピーチしようにも、なにも喋れなくなる。

眞結香の目が潤《うる》みだしていた。「環奈……。ひょっとして、わたしや久保さんのために？」

岩野は環奈を見つめた。次いでトレーナーの吉島を一瞥《いちべつ》する。深くため息をつき、岩野は檜山を振りかえった。つかつかと檜山に歩み寄る。

「檜山さん」岩野が静かにいった。「われわれでファンタジーランド一帯を捜索します。当日の防犯カメラ映像も参照しながら、可能なかぎり隅々まで探します。それで納得していただけますか」

「納得って」檜山が顔をひきつらせた。「もし誰かが指輪を見つけても、そのままネコババする可能性が……」

岩野が凄味《すごみ》のある表情を檜山に近づけた。「誓って誰も盗みません。あなたがなくした指輪を探します。いいですね？」

檜山がさすがにたじろぐ反応をしめした。「……ああ。わかった。そうしてくれるんなら、俺もべつに文句は……」

環奈は同僚らをうながし出入口に向かった。一同がぞろぞろと退室を始める。急いで仕事にかからねばならない。時間は一秒も無駄にできない。

アピールタイム

夜《よ》更《ふ》けになり、降雨がさらに強まった。わずかな照明がおとす脆《もろ》い光の下、ファンタジーランドじゅうに散った無数の雨合羽が、みな前かがみになり指輪を探しまわる。捜索の難易度を考えると、潜伏者の発見どころではない。ごく小さな指輪、それもカストが連日掃除していながら、いまだ目に触れていない。本当に落ちているかどうかも怪しい。それでもみな音をあげることなく、あちこち動きまわっては、茂みに懐中電灯の光を向けつづける。

カスト一同が捜索に同意した。当初は串澤のほか、何人かが難色をしめしたものの、やがて全員が折れた。いかにナンセンスな難癖といえど、眞結香や久保が疑われたままにはしておけない、最終的にはみなその思いで一致した。

セキュリティオフィサー側も、ひとりも欠けることがなかった。どうせ今晩も当初から、終電まで帰れない前提だった、そんな声がやけくそぎみにあがった。アンフィシアターにいるホワイトカラーどもとはちがうからな、誰かがそうこぼすと、周りがどっと笑った。

環奈《かんな》は濡れた地面に伏せ、ベンチの下を懐中電灯で照らした。植えこみの根元は手で掻き分けた。ほとんど泥と化した土も掘った。わずかに反射する物を目にとらえるたび、ただちに手を伸ばした。それが水滴や小石にすぎなくても、めげずに捜索を続行した。

いつしか雨合羽だけでなく、下に着ているコスチュームまで泥まみれになっていた。フードをかぶっていたのでは視野が制限される。途中からフードを脱いだため、いまや髪もびしょ濡れだった。一緒に行動する眞結香も、やはり似たようなありさまだった。メイクがほとんど落ちきってしまっている。自分の顔も同じ状態だろうと環奈は思った。

最悪なのは、園内のあちこちにあるスピーカーから、アンフィシアターのイベント中の音声がきこえてくることだ。まるでラジオの中継のごとく、最終選考会のもようが伝えられている。

現アンバサダーの鈴本彩芽《すずもとあやめ》の声が反響した。「オリエンタルワールド代表取締役、橋田修一《はしだしゅういち》より、みなさまへのご挨拶《あいさつ》でした。本日は次期アンバサダー候補者のご家族ご親族を含め、多くのみなさまにお越しいただき、心より感謝申しあげます。つづきましてスポンサー各社より……」

誰かがステージにあがるたび、陽気な音楽が鳴り響く。暗がりのなか、環奈の近くを這《は》いずりまわっていた串澤が、うんざりした顔を向けてきた。「うるさい中継だよな。べつにきかせてくれなくたっていいのに」

環奈は手を休めず、地面に降り積もった落ち葉を掻き分けた。「なんで最終選考会の音声を流す必要があるの？」

「朝礼で通達されたろ。パークに残るセキュリティオフィサーたちも、スマホで最終投票できるように、参加者の歌やらスピーチやらをきかせるんだってさ。知らなかったか？」

「知らない。最近は朝礼にでてなかったし。……痛っ」

てのひらに電気が走るような痛みをおぼえた。環奈は手をひっこめた。

串澤が落ち葉を懐中電灯で照らした。そっとなかをまさぐり、折れ曲がった釘《くぎ》をつまみだした。「これだ。注意しないとな」

環奈はてのひらを眺めた。血が滲《にじ》んでいる。釘の先端が浅く刺さったようだ。

こんなことで臆《おく》してはいられない。環奈は懐中電灯の先で落ち葉のなかをつついた。指輪の有無をたしかめる。そこにないとわかると、すぐに身体《からだ》を起こし、別の場所で腹這いになった。トラッシュ缶の下に懐中電灯の光を向けた。

雨の冷たさが体温を奪う。冬はまだ遠いが、寒さに手がかじかんでくる。居残りゲストの檜山は、指輪を落とした可能性のある場所を証言した。それに基づき、ほとんどミリ単位でつぶさに調べあげていく。けっして見落とせない。なにも発見できなくとも、ここに指輪がなかったと明言できるよう、曖昧《あいまい》さをいっさい残してはならない。終始徹底すべきだ。

セキュリティオフィサーの一部は、金属探知器を持ちだしている。ただし反応がないからといって、本当に指輪がないともかぎらない。自分の目でたしかめないかぎり納得できない。

スピーカーから彩芽の陽気な声が告げた。「それでは最初の候補者にご登壇願います。拍手でお迎えください。エントリーナンバー1番、マーチャンダイズキャストの……」

眞結香がいった。「やばい。環奈。もう候補者のアピールタイムが始まったよ」

環奈は動じないと心にきめていた。「まだ時間はある」

雨のなか捜索は遅々として進まない。風も強く、頻繁に落ち葉を舞いあがらせる。そのせいで探し終えた範囲と、手つかずの場所との境界が判《わか》りづらくなる。結局また丸ごと調べる羽目になる。

セキュリティオフィサーとカストーディアルキャストが、ファンタジーランドの隅々まで駆けめぐり、ひたすら指輪を探しつづける。環奈もあちこちを這いずりまわった。時間がみるみるうちに過ぎていく。エントリーナンバー7番、次いで8番。ダンスのＢＧＭや、生歌歌唱の響きが恨めしい。それでも投げやりになるわけにいかなかった。

ホーンテッドマンションの庭の植えこみを、丹念に調べてまわる。それが終わると、空飛ぶダンボの柵《さく》のなかも探した。檜山の証言にしたがい、白雪姫やピーターパンの待機列も調査した。それぞれの場所は、すでにほかのキャストらが捜索中だったが、環奈はそこに加わった。鉢植えの下は狭く、懐中電灯による照射だけでは、充分にたしかめられない。環奈はためらいなく手を突っこんだ。いつしか指先が擦り傷だらけになり、爪《つめ》も割れていた。針で刺すような痛みが走っても、環奈はひるまなかった。

指輪があるなら見つける。なければそれを証明する。

彩芽の声がエントリーナンバー12番を呼びこむ。環奈はベンチの下に潜っていた。雨合羽がひとり駆け寄ってきて、近くにひざまずく。なにごとかと思い、環奈は這いだした。トレーナーの吉島と目が合った。

吉島がいった。「もういい、永江。いますぐアンフィシアターに行け」

心が大きく揺れ動く。本音をいえば、逐一伝えられる音声が気にならなかったわけではない。

だが環奈は首を横に振った。「捜索するところがなくなるまで、ここにいます」

「馬鹿いうな。じきにきみが登壇する番になるぞ」

「欠席してもただちに失格にはならないって、逸貴《いつき》さんがいってました」

「でもな、永江……」

「お願いします！　投げだしたくないんです。ひとりここを離れたら、わたしはカストの職責を果たしたことになりません。いつも手を抜かないのを誇りにしてるとスピーチするつもりだったのに、それが嘘になっちゃうんです」

「アピールタイムに間に合わなかったら、得られるはずの最終得票をかなり失うぞ」

胸に突き刺さるひとことだった。思わず泣きたくもなる。それでも環奈の決心は変わらなかった。震える声でうったえた。「わたしはアンバサダーでもマジシャンでもない。カストーディアルキャストとして採用されたんです。カストしかできないとみなされたと、当初は悲観的に考えていました。でもたぶんちがう。カストをこなせる人材と評価されたんです。ならそれに応《こた》えたい。拾得物《しゅうとくぶつ》の発見もカストに期待される仕事のひとつですから」

　吉島の真摯《しんし》なまなざしが環奈をとらえた。環奈も黙って吉島を見かえした。

「よし」吉島はうなずくと、周りに声を張った。「みんな、きけ。スマホを持ってたら、絶対に永江に投票しろよ！」

　同意の声があがるなか、誰かがおずおずといった。「でもスマホはワードローブビルに預けっぱなしです……。勤務明けじゃないと触《さわ》れません」

　環奈は苦笑した。「ありがとう。気持ちだけで嬉しい」

　セキュリティオフィサーの岩野が怒鳴った。「指輪を見つけりゃ、みんな仕事をあがれる！　スマホも好きなだけいじれる。最終選考会が終わる前にそうなるのをめざせ！」

　一同の呼応する声が、歓声に似た響きを帯びる。環奈は水たまりのなかを調べながら、水面に降雨とは別の波紋をまのあたりにした。自分の落涙だとわかった。いつの間にか視界のなかで光がぼやけて仕方がない。これでは困る。指輪が見つけられない。

身体を起こそうとしたとき、別の誰かが駆け寄ってきて、環奈に手を貸してくれた。その手をつかんだ。年輪のように無数の皺《しわ》が刻まれたてのひらに、たとえようのない温もりを感じる。

シニアキャストの久保が環奈を見つめた。「永江さん。キャストデビューの日、あなたに指導していただけたことを、本当に誇りに思います」

「なにいってるんですか」環奈は笑ってみせた。「わたしのほうこそ、久保さんから学びっぱなしです」

「よい影響をあたえあっているのなら、こんなに喜ばしいことはありません」久保の皺だらけの顔に微笑が浮かんだ。「私もひさしぶりに、青春というものを思いだした気がします」

環奈は胸を締めつけられるのを実感した。世代に関係なく心が通じあう、それはなんと尊いことだろう。いまここにいられることは幸せだった。掛け値なしに喜ばしい。こんな心境でいられるだけでも、カストーディアルキャストになってよかった。心からそういえる。

セキュリティオフィサーの杉本という若手が走ってきた。「あっちに妙なもんがあります！」

周りがいろめき立った。岩野や吉島らが駆けだす。環奈も久保や眞結香らとともに、そちらに向かった。

行く手は美女と野獣〝魔法のものがたり〟の城門につづく、石畳《いしだたみ》の道だった。左右は手すりになっていて、その下は木立の谷底だ。シンデレラ城のお濠ほど深くはないが、切り立った城壁はよく似ている。

杉本は手すりから身を乗りだし、下方の暗闇《くらやみ》を懐中電灯で照らした。「あれです」

一同が鈴なりになって照射《しょうしゃ》範囲を観察する。環奈もそのなかに加わった。細い小枝が一本、城壁に接触している。そこに金属製とおぼしき小さな物体が光っていた。小枝の先と城壁のあいだに挟まっている、そんなふうに見える。

問題はその位置だった。手すりから二メートルほど下だ。腕を伸ばしても届かない。棒を使ったとしても、物体をはたき落としてしまう可能性がある。そこから地面はさらに五、六メートル。落ちれば無傷では済まない。

彩芽の声がパーク内に反響した。「つづきまして、エントリーナンバー18番のかたです」

ぐずぐずしてはいられない。環奈は手すりに片足をかけた。ほとんど衝動的に、手すりの外に身を躍らせる。周りがどよめいた。環奈は足を滑らせそうになったが、かろうじて城壁にしがみついた。頭上の手すりから、同僚らが身を乗りだし、環奈を見下ろしている。

吉島が大声でいった。「永江！　無茶をするな」

岩野のほうはいくらか冷静だった。「永江。左足を伸ばせ。そこにでっぱりがある。足をかければ少しは安定する」

環奈は指示にしたがった。ボルダリング部での経験をもとに、勘を頼りに行動する。たしかに左の靴底が城壁の凸部《とつぶ》を踏んだ。雨に濡《ぬ》れているせいで滑りやすい。自然石に見せかけた外壁材だと研修で習った。

指輪らしき物がひっかかった小枝に、そっと片手を伸ばす。じりじりと横に移動した。なんとか届きそうだ。あと数センチ。

やっとのことで指先が物体をつまんだ。とたんに失意がひろがった。目でたしかめずとも、感触があきらかに指輪とはちがう。

手を顔の前に持ってきて確認した。キーホルダーのリング部分のようだ。チェーンがちぎれてしまったらしい。環奈はため息まじりにいった。「ちがった」

頭上に嘆きの声がひろがった。眞結香が呼びかけた。「環奈。慎重に上ってきて」

「わかった」環奈は上方を仰ぎ見た。手すりは遠く届かない。しかしそれよりわずかに下の凸部はつかめそうだ。そこに片手を伸ばした。

ふいに足が滑った。バランスが崩れた。身体が仰向けになる。環奈の両手が城壁から離れた。背中から転落しそうになる。

どよめきと悲鳴がきこえた。環奈自身も悲鳴をあげていた。体勢が立て直せない。

落ちる。

その瞬間、頭上から誰かの手がすばやく伸びてきて、環奈の腕をつかんだ。

環奈は驚愕《きょうがく》した。手すりから身を乗りだすぐらいでは、けっして届かないはずだ。

ふたたび上方を仰いだとき、さらなる驚きがひろがった。

グリーンのジャケットの痩身《そうしん》、藤崎が城壁につかまっていた。片手を手すりにかけ、そこからぶら下がっている。もう一方の手が環奈の腕を強く握っていた。

藤崎が歯を食いしばりながらいった。「足ででっぱりを探せ。このまま登れ」

いま環奈の上半身を支えるのは、腕をつかんだ藤崎の手のみになる。環奈は必死で足を踏ん張り、身体を押しあげた。藤崎が環奈の腕を高く持ちあげ、手すりにつかまらせる。さらに腰に手をまわし、身体をしっかりと支えてくれた。藤崎は片腕で環奈を抱いたまま、城壁をよじ登った。

吉島や岩野が手を差し伸べた。ほどなく無数の手に支えられ、環奈は藤崎とともに手すりを越えた。石畳の上に転がりこむ。ふたりは折り重なるように倒れた。

すぐに藤崎が身体を起こし、環奈が立ちあがるのを手伝った。「だいじょうぶ?」

「ええ」環奈は藤崎と向かい合った。藤崎は雨合羽を着ていなかった。緑いろのコスチュームがずぶ濡れになっている。環奈は茫然《ぼうぜん》としてきいた。「なんでここに……」

「アンフィシアターでまってたのに、ちっとも来ないから」藤崎の感慨深げなまなざしが、環奈をまっすぐにとらえた。「事情はきいたよ。きみらしいね」

藤崎の慈《いつく》しみに満ちた表情がある。環奈への思いやりと気遣いだけがしめされている。環奈は胸がいっぱいになった。来てくれた。桑島奈々未の登壇はこれからなのに、彼はディズニーランドに戻ってきてくれた。

小走りに雨合羽が駆けてくる。今度も環奈の顔見知りだった。セキュリティオフィサーの若い女性、林田蓮加《はやしだれんか》がいった。「岩野さん」

「なんだ?」岩野が応じた。

「オフィスから伝言です。檜山さんの証言に沿って、指輪をなくした当日の録画をチェックしていたら、気になるものが映ってて」

「あん? なにが映ってた?」

「檜山さんがホーンテッドマンション前のベンチで、指輪をつけたり外したりしていました。その後、奥さんがきて、檜山さんが立ちあがったんです。指輪は小さすぎて、有無を確認できませんでしたが、五分ほど経過し、空いたベンチにカラスが飛来して」

　環奈のなかに鈍い驚きが生じた。思わず串澤と顔を見合わせる。

　岩野は眉《まゆ》をひそめた。「カラスだって？」

「はい」蓮加がうなずいた。「ベンチの下で地面をつついてから飛び去りました。ひょっとしたら……」

　シニアキャストの久保が真顔になった。「ありえます。カラスは光り物を集めます」

　串澤が戸惑いをしめした。「俗説じゃなくて？」

　久保は首を横に振った。「本当ですよ。ＺＯＺＯマリンスタジアムでも、落ちてるクリップや釘を巣に運んでました。カラスは頭がよくてね。光り物に興味をしめし、遊び感覚で狩りの練習をするんだとか」

　岩野が訝《いぶか》しげに吉島を見つめた。「カラスなんてほとんどいないでしょう」

「皆無《かいむ》じゃない」吉島は岩野を見かえした。「どんなに綺麗《きれい》にしてても、まったく入りこまないわけじゃないんだし」

環奈のなかに衝撃が走った。「ホーンテッドマンションの裏……。カラスの巣がある！」

「ああ」串澤が目を瞠《みは》った。「グリーンアンドアーツの人たちがいってたな。裏にできた巣はほったらかしだって」

ここが並みの遊園地なら、ありえないと一蹴《いっしゅう》する話だ。しかしディズニーランドでは事情が異なる。カストーディアルキャストがパーク内を常に清潔に保つ。落とし物の九割が見つかる。なのにこんなに探しても発見できない以上、予想しえなかった理由がある。

「だが」吉島が不可解な顔になった。「春先ならともかく、この時期にカラスが巣づくりをするか？」

久保は平然と応じた。「とっくにヒナが巣立ってても、カラスは年じゅう寝床を必要とします。厄介ですよ。季節を問わず居座るので」

岩野が周りに呼びかけた。「バックステージへ行こう！　ホーンテッドマンション裏だ」

雨合羽の群れが駆けだした。ファンタジーランドを横断し、バックステージへの出入口、ディスパッチ2をめざす。環奈も藤崎とともに走った。

スピーカーから彩芽の声が響き渡った。「つづきまして、エントリーナンバー22番」

環奈はがむしゃらに走りつづけた。三十人のアンバサダー候補者のうち、環奈は最後から三番目。舞浜アンフィシアターまで、クルマに乗せてもらったとして、所要時間十分。もう間に合うかどうかは問題ではない。カストーディアルキャストとして、ここディズニーランドで遺失物を探す。

ホーンテッドマンション裏

洋館風のホーンテッドマンションも裏にまわれば、外壁にトタン板を打ちつけられただけの、倉庫に似た建物でしかない。大きさもパーク内で感じるほどではない。正面の装飾は遠近法を利用し、上にいくほど小さくしてある。実際より高く見せているのはシンデレラ城と同じだった。

雨の降りしきる夜、バックステージの狭い路地が、セキュリティオフィサーとカストーディアルキャストでいっぱいになった。見上げるトタン板の表層には、外付けの配管やダクトが縦横に這う。みな懐中電灯の光を走らせ、カラスの巣を探しまわった。

吉島が怒鳴った。「おい！　あれじゃないか？」

環奈は光の照らす先を目で追った。ふつうのビルでいう三階ほどの高さ、ダクトの上に異物がある。ゴミが溜《た》まっているだけにも見えるが、鳥の巣と考えられなくもない。

岩野が真下に移動した。地面を見下ろしうなずいた。「まちがいない。鳥の糞《ふん》が集中的に落ちてる」

「だが」吉島が外壁を仰ぎ見た。「ずいぶん高いな。十メートル以上はあるぞ。ハシゴは？」

セキュリティオフィサーの蓮加が応じた。「いまグリーンアンドアーツに借りにいってます」

オンステージのスピーカーから、元気な女性の声がきこえてきた。「エントリーナンバー25番、ガイドツアーキャストの森田《もりた》理菜《りな》です」

藤崎が環奈をじっと見つめてくる。眞結香《まゆか》や久保、串澤も同様だった。周りの全員が黙りこみ、路地は静まりかえった。

環奈は淡い侘《わび》しさを感じながらも、すぐに笑ってみせた。「指輪が見つかればそれでいい」

誰かが大声で呼びかけた。「どいてくれ！」

路地はにわかに騒然となった。軽トラが一台滑りこんでくる。荷台にはアルミ製のハシゴが立てかけてあった。セキュリティオフィサーらが数人がかりで、それを地面に下ろす。トタン板の外壁へと運んでいった。

三連梯子《さんれんばしご》だった。三本重なったハシゴをスライドさせ、一本の長い状態に伸ばせる。伸びたハシゴの連結部分をストッパーで固定する。壁に立てかけられたハシゴが、消防車のごとく伸長していく。頂上は鳥の巣らしき物の近くにまで達した。

岩野がハシゴを支えながらきいた。「誰が登る？」さっきボルダリングの腕を披露した。もはや異論はないはずだった。環奈はハシゴに駆け寄った。「わたしが行きます」

声援が飛ぶなか、環奈はハシゴを登りだした。藤崎や吉島らがハシゴの最下部を支える。揺れは抑えきれていないが、環奈は恐れず登りつづけた。

三メートルほどの高さに達したころ、スピーカーからの音声が耳に届いた。現アンバサダー、鈴本彩芽の声だった。「つづきましては、エントリーナンバー27番、永江環奈さん。残念ながら永江さんは、ディズニーランドで残業中のため、本日は欠席とのことです」

思わず静止した。時間がとまったかのような虚《むな》しさがひろがる。環奈はハシゴにしがみついたまま、一段も登れなくなった。

路地を埋め尽くす集団も静まりかえった。眞結香のささやきがきこえた。「環奈……」

喪失感が胸のうちを支配しようとする。環奈は頭上を仰いだ。悲しみを振りきるべく、猛然とハシゴを登りだした。

ただちに失格になるわけではない。それで充分だ。いまはやるべきことがある。キャストはゲストの願いをかなえる。カラスの巣、まさにカストの出番ではないか。アンバサダーにこんなことはできない。でも誰かがやらねばならない。

元ボルダリング部員であっても、高いところが怖くないわけではなかった。ハシゴが壁から浮きあがってしまうのでは、絶えずそんな不安にとらわれる。揺れもどんどん大きくなる。しかしひるんではいられない。巣らしき物まであと五メートルほどに迫った。

有形固定資産、人工の建造物の集まり。それがディズニーランドの正体だ。ゆえに管理する役割の裏方は、大工や塗装職人よろしく、建物に立てかけたハシゴを登ったりもする。環奈にとってホーンテッドマンションは、いまやただの建物だった。喜ばしいことだ。また一歩、正社員の視点に近づいた。

間もなくハシゴの頂上に達する。ダクトの上に目を凝らした。無数の小枝が組み合わさり、藁《わら》で編んだ籠《かご》のような形状をなす。

思わず心が躍った。環奈は眼下に怒鳴った。「巣があった！」

歓声がひろがるなか、藤崎の声だけは諭《さと》すようにいった。「気をつけて、永江さん」

片手でハシゴをつかみ、もう一方の手を巣に伸ばす。あと少しで届く。巣のなかはのぞきこめないが、手さぐりで中身を確認……。

指先が巣に触れようとしたその瞬間、けたたましい鳴き声が響き渡った。巣のなかから黒い影が飛び立ち、目の前に向かってきた。

環奈は悲鳴をあげ、体勢を崩した。足が滑り、ハシゴから身体が離れ、宙に浮いた。路地がどよめいた。片手のみ放さなかったのは奇跡だった。環奈は腕一本だけで、かろうじてハシゴにぶら下がっていた。カラスがなおも執拗《しつよう》に、環奈の周りを飛び、はばたきながら威嚇《いかく》してくる。

だしぬけに高齢者の声が飛んだ。「おい！　なにをやってるんだ。しろうとが危ないだろ！」

グリーンアンドアーツの田辺の声だとわかる。残業していたのか、近くで飲んでいたのか、なんにせよ騒ぎをきいて駆けつけたのだろう。もうひとりの高齢者、斉藤の声が呼びかけてきた。「ハシゴの上のきみ！　じっとしてろ。卵はとっくに孵《かえ》ってる時期だ。そのカラスはただ、そこを塒《ねぐら》にしてるだけだ！」

母親が卵やヒナを守っているわけではないのか。そうはいってもこのカラスは充分に獰猛《どうもう》だった。しきりに嘴《くちばし》でつつこうとしてくる。環奈の足がようやくハシゴのステップを踏みしめた。背を丸め、両手でハシゴにしがみついた。

はばたく羽根の音が遠ざかる。鳴き声がフェードアウトしていく。環奈は顔をあげた。カラスは視野から消えていた。いつしか飛び去ったらしい。

藤崎の声が下から告げてきた。「永江さん。慎重に」

環奈は巣に片手を伸ばした。なかに手をいれてみる。たしかに生き物らしき反応はない。ヒナの嘴につつかれる心配もなさそうだった。

耳におぼえのある女の声が、スピーカーからきこえてくる。「エントリーナンバー30番。桑島奈々未です。ふだんはダンスだけを披露していますが、今晩は歌って踊れるところをお目にかけたいと思います」

拍手が鳴り響き、声援が飛んだ。アンフィシアターの客席の反応だった。『アンダー・ザ・シー』の陽気なイントロが流れだす。まるでＣＤのような奈々未の歌声がこだまする。英語だった。発音も完璧《かんぺき》に思える。

巣のなかをまさぐると、指先が雑多な物に触れた。ほとんどが金属だとわかった。いくつかつまみあげてみる。針金の切れ端が多い。ネジ、釘、ヘアピン。ほかにガラスの破片も含まれている。

はっとする感触があった。環奈はその小さな物体を指先につまんだ。ゆっくりと巣からとりだす。

銀いろの指輪。ダイヤが光っていた。

「あった」環奈は震える声を搾《しぼ》りだした。「指輪があった！」

地上からどよめきがきこえた。環奈はそれを指に嵌《は》めた。男物のため、人差し指の付け根でもぶかぶかだった。もうハシゴの頂上にいる必要はない。慎重にステップを下り始める。

アンダー・ザ・シー。奈々未の透き通った歌声が反復する。アンダー・ザ・シー。なるほど、彼女こそ次期アンバサダーにふさわしい。そういうふうに生まれてきた。そんな地位にふさわしく育った。人はそれぞれだ。栄光もそれぞれ。環奈はここで、自分なりの達成感を得ようとしている。

地上が迫った。藤崎が手を貸してくれた。ほとんど抱きとめられるも同然に、全身を支えられながら、環奈は地面に降り立った。自然に拍手が沸き起こった。歓喜の叫びが耳をつんざく。

にわかに人垣がふたつに割れた。三人のセキュリティオフィサーが、パーカー姿の檜山《ひやま》を連行、いやエスコートしてきた。

反抗心は鳴りを潜めているようだ。キャスト総出の捜索に、少しは感じいるところがあっただろうか。

環奈は指輪を檜山に差しだした。檜山は唖然《あぜん》とし、環奈の顔を見てから、もういちど指輪を凝視した。

それが檜山の探し求めた指輪か否《いな》か、問いただすまでもなかった。三十代の荒くれ者は、いまやすっかりおとなしくなっている。むしろ子供のごとくすなおな感情をさらけだしていた。檜山の目に大粒の涙が膨れあがった。震える手で指輪を受けとる。長いこと指輪を眺めると、檜山は深々と頭をさげた。

安堵《あんど》のため息が漏れた。眞結香がはしゃぐような声を発し、真っ先に抱きついてきた。感極まったように泣きだす。ほかはみな笑顔だった。カストーディアルキャストの久保、串澤、トレーナーの吉島。セキュリティオフィサーの岩野や杉本、蓮加。高齢者の田辺と斉藤までが、事情を察したのか、興奮ぎみに手を叩《たた》きだした。

藤崎と目が合った。葛西《かさい》臨海公園のときと同じ、涼しいまなざしの微笑がそこにあった。環奈も藤崎に笑いかえした。またも視界がぼやけて波打ちだした。滲んでくる涙を抑えられない。

　中学生や高校生のころ、英語のヒアリングは苦手だった。でもいま奈々未の歌う英語は、なぜかよくききとれる。海のなかがどれだけすてきな場所かを、繰りかえしうったえている。そこは鮮やかな陽の光が射《さ》す、美に彩《いろど》られた表舞台なのだろう。環奈は実感した。自分の幸せはここにある。夢と魔法の王国の裏側に。

迎え

　宴《うたげ》のような騒ぎは一瞬だった。みなワードローブビルで急いで着替え、舞浜駅に向かわねばならない。終電を逃すわけにいかなかった。そのためみな散りぢりになり、数人ずつのグループが本社ゲートをでては、暗い歩道へと消えていった。

　環奈の退出はひとり遅れた。眞結香は最後まで、一緒に帰ろうと誘ってくれたが、環奈はあえてロッカールームに居残った。

　達成感の興奮が去ったのち、ただ心を静かにし、アンフィシアターからの中継に耳を傾けた。結果はきくまでもなかった。観衆はおおいに沸いている。次期アンバサダーは、桑島奈々未にきまった。

スピーカーから流れる喧噪《けんそう》も、ピアノの調べのように厳かで、どこか空虚にきこえた。私服に戻った環奈は、ゆっくりとロッカールームをあとにした。

ひとりだけで居残ったのには理由がある。失意と落胆の瞬間、号泣するかもしれない。だから誰にも心配をかけたくなかった。

けれども実際に、最終選考会の結果を知ったいま、そこまで悲嘆に暮れずにいる。むしろどこかすっきりとした気分に浸った。なにもかも終わった。ひさしぶりに高校生のころに戻ったような、いやもっと熱い日々を送った実感がある。明日からはごくふつうのカストーディアルキャストに戻るのだろう。慣れ親しんだ仕事がまっている。

雨はあがっていた。濡れた路面に、街路灯の光がおぼろに反射している。ワードローブビルから本社ゲートまで、もうひとけはなかった。パークの警備も清掃も、専門会社のプロに引き継がれた。暗く寂しいゲートをひとり歩道にでる。バイトであっても長く働いていれば、こんなふうに帰ることもある。

終電には間に合わなかった。どうすればいいだろう。なにも考えていない。とりあえず姉に電話するしかない。

そう思ったとき、道端に停まった小ぶりなクルマが目に入った。トヨタのヤリス。うちのクルマに似ている、ぼんやりとそう感じた。

すると後部座席のドアが開いた。車外に降り立ったのは姉の未穂だった。仕事帰りというより、休日にでかけるときのようなメイクに、おしゃれな装《よそお》いをしている。

未穂のほうから先に声をかけてきた。「環奈」

環奈は驚きとともにつぶやいた。「お姉ちゃん」

こんな時間に迎えにきてくれたのか。というより、ここがキャストの出入口だと、なぜ姉が知っているのだろう。

「なんで」環奈は茫然ときいた。「ここに？」

「アンフィシアターに行ってたから」

「ああ……」

「乗って。助手席に」

姉は環奈と同様、運転免許を持っていない。クルマをまわせる身内といえば、誰なのか考えるまでもない。

助手席のドアを開けた。運転席に母の雪江がいた。

高校の部活が遅くなった日、母はいつもこうして迎えにきた。いまも同じような状況だった。助手席に乗りこむとき、環奈も母も前方を向いている。互いに目は合わない。

シートにおさまり、ドアを閉めてから、母の横顔を眺めるかどうか迷う。

まだエンジンをかけようとしない。母が静かにいった。「アンフィシアターで観《み》てたけど、でてこなかったね」

「まあね」環奈はささやいた。

「結果は知ってる？」

「知ってる」

「そう」母がいいにくそうに、小さな声で告げてきた。「社員の逸貴《いつき》さんと後藤さんから、この場所をきいた。環奈が外にでてくるのはここだって」

「ふうん」

「今夜なにがあったかも教えてくれた。立派だったね。偉かった。アンバサダーなんかよりずっと」

戸惑いとともに、思いがけない感情が湧《わ》き起こり、胸が詰まる。環奈はまだ暗い道路の先を眺めていた。「ほかの候補者、見たでしょ」

「全員見たよ。でも」母がいった。「環奈がいちばんだった。そうよね、未穂？」

後部座席から未穂が身を乗りだした。「ぶっちぎりで環奈だと思った。あんたが最高」

泣きそうになるのを堪《こら》えるだけの体力が残っていない。複雑な感情も募る。環奈は震える声でうったえた。「仕事してるとこ、見たこともないくせに」

「わたしは動画で観たよ。お母さんも」

意外な返答だった。また母の横顔に目を向けるのが難しくなる。あんな拙《つたな》い大道芸を、母はどう思ったのだろう。

母の物言いは穏やかだった。「そのうえでいってるの。環奈がいちばんだって」

乾いた大地に水分が沁《し》みていくように、心が温かく潤《うるお》っていく。環奈は目もとに手をやった。そっと涙を拭《ぬぐ》う。

姉がきいた。「今度の日曜、お祝いをする？　残念会じゃなく祝賀会を」

胸に響く言葉だった。姉の発言をすんなりと受けいれられる。そう、なにひとつ残念には思わない。ようやく自分の心に向き合えた。求めていたのはアンバサダーになることではない。いまこの瞬間だった。

まだ照れくさくて、すなおになれずにいる。環奈は苦笑してみせた。「まずお風呂《ふろ》に入りたい」

静寂のなか、姉が控えめに笑った。母がクルマのエンジンをかけた。環奈はようやく母の横顔を見た。微笑が浮かんでいた。さも嬉《うれ》しそうな、ごく自然な笑みがそこにあった。

安堵のため息を漏らしたとき、どっと疲れが押し寄せた。家に着くまでに眠ってしまうかもしれない。それも悪くない、そう思える。母と姉のいる車内で、うとうととまどろむ。喜ばしい日常だった。ご褒美以外のなにものでもない。

日常

正午の明るく透過した陽射しが降り注ぐ。環奈はカストのコスチュームに着替え、バックステージの路地に繰りだした。

きょうもクローズドキャストのシフトのため、出勤が遅かった。同僚たちはもうパークで働いている。引き継ぎに遅れないよう急がねばならない。

パレードの時間だからだろう、バックステージは閑散《かんさん》とし、キャストの往来もほとんどない。オンステージにでる通用口の手前には、環奈以外に誰もいなかった。

姿見で服装を最終チェックしていると、背後に立つ人影が映りこんだ。厳密には人というべきか難しい。環奈は振りかえった。ミッキーマウスが笑顔で立っていた。きょうもミッキーに連れはいない。これから出番なのか、もしくはオンステージから戻ってきたのか、いずれにせよパレードミッキーでないのはたしかだった。ミッキーは小走りに近づいてくると、環奈の胸もとを指さした。

「ああ」環奈は笑った。「もうバッジはないの。アンバサダー候補じゃなく、ただのカスト」

ミッキーは笑顔のまま、両手で泣くしぐさをし、次いで指を鳴らすような動作をしめした。惜しかったね、そう表現したいのだろう。

環奈は首を横に振った。「心配しないで。気遣ってくれてありがとう。前は八つ当たりしてごめんね。……あのう、こんな喋《しゃべ》り方でいいんだよね？　わたし、ミッキーと喋ってるんだし」

するとミッキーが環奈を指さし、身体を震わせて笑った。むろん動作だけで、笑い声はない。それでも期せずして心から喜びがあふれている、そんなふうに見えた。

キャラクター付きのキャストらが歩いてきた。そこにミッキーが合流する。立ち去りぎわにミッキーは、環奈に大きく手を振った。環奈も手を振りかえした。感謝したい相手はふたりいる。ひとりはミッキー。もうひとりは見知らぬ先輩。

ミッキーが立ち去ると、環奈はトイブルームとダストパンを手に、オンステージへの通用口を抜けた。

きょうもファンタジーランドは大賑《おおにぎ》わいだった。通常のＢＧＭより大音量の、パレード用の音楽がかかっている。ゲストコントロールのキャストが仕事に追われるなか、フロートがゆっくりと通過していく。

フォレストシアターの前に、グリーンのジャケットが立っていた。ゲストと談笑していた藤崎が、こちらを向いた。互いに目が合った。藤崎は微笑とともに片手をあげた。環奈も同じようにしてみせた。

彼は奈々未とつきあっていなかった。噂《うわさ》はあくまで噂だった。いま藤崎がつきあっている相手は誰だろう。葛西臨海公園に何度かデートしただけで、恋愛といえるのか。答えはたぶんそのうちわかる。

環奈は所定のロケーションに移動した。鳴り響く音楽のせいで、なにを喋ろうが誰にもきこえない。幸いに思いつつ、規定のひとことを発した。「スイーピング、スタートします」

落ちているゴミを手早く掃き、ダストパンにおさめる。膝《ひざ》は曲げない。しゃがんでしまうとゲストにぶつかる。ただし絶対的な禁止事項ではない。なにより重要なのは、必要最小限の動作で掃き終えること。ゲストがパレードに気をとられている、いまこそ清掃の好機だった。

フロートの上に立つ、水いろのジャケットにスカート姿のアンバサダー、桑島奈々未が目に入った。もうダンサーではないため、ただにこやかに手を振る。ドナルドダックとデイジーを従えていた。奈々未の全身から漂うオーラは、内親王殿下の存在感さながらだった。ゲストの反応もよかった。彼女にはもともとファンが多くいる。いまもさかんに声援が飛ぶ。

アンバサダーが立っているのは、パレード最後尾のフロートだった。道端に集まっていたゲストが早くも散りだした。環奈は急ぎ地面を掃いた。別の場所に移動する頃合いだ。

そのとき五、六歳ぐらいの男の子が近づいてきた。「お姉ちゃん。ホウキを踊らせて」

まだ顔をおぼえてくれているゲストに、ときどき出会う。小さな子供はめずらしい。環奈は微笑とともにいった。「掃除は魔法じゃなくて、自分の手でやるの。お姉さんは人間だから」

きょとんとした男の子が、母親に呼ばれた。未練が残るように環奈を見つめながら、仕方なさそうに母親のもとに駆けていく。環奈は手を振って見送った。

パレードのBGMがフェードアウトしていった。『お砂糖ひとさじで』が静かに流れだす。環奈は身体を起こし、青空に映えるシンデレラ城を眺めた。

バックステージからオンステージにでれば、誰もがキャストになれる。全員で夢を守っている。本当の魔法はいつも心のなかにある。

この物語はフィクションです。
実在の団体名、個人名、事件とは全く関係ありません。
その為《ため》、実在しない名称、既に廃止された名称等が含まれています。

解説

藤田香織

いきなり現実的な話をして恐縮ですが、人生には「こんなはずじゃなかった」と思う時が、幾度となくあるものです。

夢と魔法の王国・東京ディズニーリゾート（ＴＤＲ）を舞台にした、本書『ミッキーマウスの憂鬱《ゆううつ》ふたたび』の主人公・永江《ながえ》環奈《かんな》は、今まさにそうした鬱屈を抱えて生きている十九歳。中学・高校では断り切れず運動部に入部したものの、体育会系のノリとスクールカーストが嫌で進路を決めあぐねた結果、環奈は小さい頃から年にいちどは訪れていたＴＤＲのキャストとなる面接試験を受け無事合格。昨年から、東京ディズニーランド（ＴＤＬ）で準社員＝アルバイトのカストーディアルキャスト（掃除スタッフ）として働いています。

ゲストとして訪れたとき、ＴＤＲで過ごす時間は、いつだって楽しく夢中になれて、キャストの笑顔は明るく前向きな気持ちにしてくれた。ここなら、体育会系特有の上下関係や、陰険にマウントを取り合って構築されるカーストなんて存在しないだろう。そう思っていた環奈は、母や姉に渋い顔をされても、オンステージの出演者に成りえたことに誇りを抱いてもいました。

でも、だけど。

それから一年以上の時が過ぎ、環奈は〈ルーティーンをこなすだけ〉の日々を過ごしています。慣れきった「掃除のアルバイト」に、やりがいはみいだせない。やる気はないけど、ほかに働けそうな場所もない。夢を抱いて働きだしてみたものの、その魔法がとけてしまった——。環奈と同様に、「こんなはずじゃなかった」と立ち止まっている人は、実はかなり多いのではないでしょうか。

大人になってみれば、そんなことは特別珍しい話ではなく、つい「あるある」と笑い飛ばしてしまいがちです。けれど、当事者にとっては大袈裟《おおげさ》ではなく「絶望」に等しい息苦しさがつきまとうもの。まして環奈はまだ十九歳。仕事だけではなく、母や姉との関係性においても、自分の立ち位置が不安で不満で「先」が見えなくなっている。どうにかしなくちゃと思うものの、どうすればいいのかわからない——。

そんな環奈が、焦《あせ》り、足掻《あが》くなかで意を決してＴＤＲの顔であるアンバサダー候補にエントリーし、研修や経験を積むなかで少しずつ気持ちを強くし、成長していく、というのがストーリーの柱となっています。

適性面接で、緊張から自己紹介すら満足にできなかった環奈は、やがて派手さのないカストーディアルキャストでありながら、人々の耳目を集めるヒントを探しに「マジックショップ」へ足を運び、マーチャンダイズキャスト（店員）のＳＡＴＯＭＩに教えを受けて、「魔法」で掃除をするパフォーマンスを習得。次第に注目が集まり、ＳＮＳなどでも人気に火が付き、アンバサダー候補としても頭角を現します。

一方で、ミステリー的な謎《なぞ》として、閉園後のパーク内で再三確認される「居残りゲスト」の目的と正体、環奈の仕事仲間・串澤《くしざわ》が、違法にカラスを駆除しているのではないかと注視している猟友会に所属する男たちの目的と正体が提示され、アンバサダー就任に挑む環奈の最終審査へ向けて物語は一気に加速していく、という展開。

個人的には、環奈が「マジック」を懸命な努力の末に習得し、いわば自分だけの武器を手に入れて、どんどん前向きに明るく強くなっていく過程が微笑《ほほえ》ましく、社会人的成長期の眩《まぶ》しさを感じたのですが、そこからのドリーミーすぎない方向への転換こそが、実は本書の肝ではないか、と感じます。

「夢」を見て、「現実」を見る。けれど、その夢から覚めたとき、自分が生きる現実も、捨てたものじゃないと、少し信じられるようになる――。青春とはその繰り返しで、これこそが成長小説の醍醐《だいご》味《み》だと思うのです。

さて。書店で見かけたり、ネットやＳＮＳで発売情報を入手したりして、待ってました！と手にされた方も多いと思いますが、タイトルに「ふたたび」とあるように、本書は二〇〇五年に単行本が、そして〇八年に文庫版が発売された『ミッキーマウスの憂鬱』の第二弾という位置付けの作品です。もちろん、いつ訪れてもＴＤＲが十分楽しめるのと同様に、どちらから読んでもまったく問題はありませんが、簡単に前作にも触れておきましょう。

舞台になっていたのは、まだInstagramもTwitterもTikTokも誕生していない、mixiが全盛だった平成十七年。当時のＴＤＲは、今よりはるかに秘密主義かつ閉鎖的で、バックステージの様子は巨大掲示板やmixiへ積極的に探しにいっても、漠然とした「噂《うわさ》」レベルでしか知り得ることはできませんでした。環奈の母・雪江が口にした「裏でなにをしてるかわからない」という言葉は、まんざら嫌味というわけでもなかった、ともいえます。

そうした時代に刊行された『ミッキーマウスの憂鬱』は、大いに世間をザワつかせました。主人公は、派遣の準社員としてＴＤＬの美装部で働くことになるのですが、夢と魔法の王国の裏側に足を踏み入れた彼が目撃し、直面する物事の驚きと興奮を、そのまま読者も感じることができたのです。

　バックステージを走るキャスト専用のバス。「着ぐるみ」の頭部がずらりと並ぶキャラクタールーム。出演者に「着ぐるみ」を着せていく手順。フェイスと呼ばれる顔出しのキャラクターや、ミッキーやミニーなど主要キャラクターの明確なランク（〝カースト〟呼びはまだ一般的ではなかった）分けに、会員制「クラブ33」の概要――。

　一般の読者には、そこに書かれていることの、どこまでが真実で、どこがフィクションなのかを確かめる術《すべ》はなかったのですが、これってかなり真実に近いのでは？と感じられること自体が楽しく、ストーリー的にも、ミッキーマウスが行方不明になる、すわ誘拐の可能性も!?　というハラハラドキドキ（事の重大さがまたシビアで！）の大事件が発生。ラストは作者である松岡圭祐さんの仕掛けに、ぐぐっと気持ちが沸きたつ、まさにザッツ・エンターテインメントな物語でした。

　その主人公だったのが、本書でアンバサダー候補の説明会に正社員として現れ、窮地に立たされた環奈に幾度となく手を差し伸べる後藤大輔《ごとうだいすけ》。当時二十一歳だった彼は、勤務初日、名も知らぬキャラクターに衣装を着脱する仕事に不満を抱き、直属の上司に、もっとやりがいのある仕事はないか、と訴えるような若者でした。〈なにかこう、もっと夢を与えられる仕事をしたいんですよ。ディズニーの精神にのっとった、子供たちが希望を感じられるような〉。これは、新入りのアルバイトである自分に与えられた仕事に夢や希望を感じられない、という主張でしかなく、担当するキャラクターについて「カスキャラじゃん」と平気で口にしたりもしていた。

そんな自意識過剰で周囲が見えておらず、無鉄砲かつ失礼極まりない言動を繰り返す大輔が出勤初日の早々に出会ったのが運営部運営課に所属していた桜木《さくらぎ》由美子《ゆみこ》でした。空回りがちな大輔に、〈夢があるのはオンステージ。バックステージにあるのは現実だけ〉と説き、てきぱきと働きながらも〈出世が約束されてる正社員と、（アルバイトの）準社員はちがう〉と、悟ったような愚痴をこぼしていた由美子が、本書ではきりっとスーツを着こなした正社員として環奈の前に現れる。しかも姓は「後藤」となっていて、大輔と結婚していたことが明かされます（余談ですが、由美子が大輔のことを「主人です」などと言わず、さらりと「夫だし」と環奈に応《こた》えるのが、地味に痺《しび》れる！）。

『ミッキーマウスの憂鬱』単行本の刊行時から、本書の作中でも同じ十六年という歳月が流れていて、前作を既読の方は、あの大輔と由美子が！　と驚きと感慨を覚えることでしょう。と同時に、まだ前作を読んでいない、という人は、環奈にとっては自分を導いてくれる頼もしい正社員として映っていたであろう大輔と由美子が、どんな「若者」だったのかを、知る楽しみがある。ＴＤＲの変化を感じられるという意味でも、既読の人はこの機会にもう一度改めて、未読の人はぜひこの後に前作も併せて読んで欲しいと願います。

さらにもうひとつ。本書からのリンクとしては、二〇一八年に刊行された『マジシャン　最終版』（角川文庫）と、その約一年後が舞台となる『イリュージョン　最終版』（同）では、マジックの師であり、環奈が友達になりたかったと願った里見《さとみ》沙希《さき》の背景を知ることができます。タイトルどおり、物語の核として読み応えのあるマジックが登場しますが、十代の葛藤《かっとう》や環奈とはまた違った家族という関係性についても深く掘り下げられていて、本書と同様に、キラキラ眩しいだけではない青春小説としての感慨も得られます。

ひとりでも、家に居ながらにしても、私たちの気持ちを浮き立たせてくれる作家・松岡圭祐の夢と魔法。シリーズの随所にちりばめられた、現実を生きぬくための呪文《じゅもん》をいつも心に、さぁ、人生を楽しみましょう。

（令和三年八月、書評家）

本書は新潮文庫のために書き下ろされた。

松岡圭祐著
ミッキーマウスの憂鬱
秘密のベールに包まれた巨大テーマパーク。その〈裏舞台〉で働く新人バイトの三日間を描く、史上初ディズニーランド青春成長小説。

朝井リョウ著
何者
直木賞受賞
就活対策のため、拓人は同居人の光太郎や留学帰りの瑞月らと集まるようになるが——。戦後最年少の直木賞受賞作、遂に文庫化！

朱野帰子著
わたし、定時で帰ります。
絶対に定時で帰ると心に決めた会社員が、部下を潰すブラック上司に反旗を翻す！ 働き方に悩むすべての人に捧げる痛快お仕事小説。

芦沢　央著
許されようとは思いません
入社三年目、いつも最下位だった営業成績が大きく上がった修哉。だが、何かがおかしい。どんでん返し１００％のミステリー短編集。

伊坂幸太郎著
ホワイトラビット
銃を持つ男。怯える母子。突入する警察。前代未聞の白兎事件とは。軽やかに、鮮やかに。読み手を魅了する伊坂マジックの最先端！

石田衣良著
４ＴＥＥＮ【フォーティーン】
直木賞受賞
ぼくらはきっと空だって飛べる！ 月島の街で成長する14歳の中学生４人組の、爽快でちょっと切ない青春ストーリー。直木賞受賞作。

小野寺史宜著
夜の側に立つ
親友は、その夜、湖で命を落とした。恋、喪失、そして秘密――。男女五人の高校での出会い。そしてそこからの二十二年を描く。

梶尾真治著
黄泉がえり
会いたかったあの人が、再び目の前に――。死者の生き返り現象に喜びながらも戸惑う家族。そして行政。「泣けるホラー」、一大巨編。

川上弘美著
ニシノユキヒコの恋と冒険
姿よしセックスよし、女性には優しくこまめ。なのに必ず去られる。真実の愛を求めさまよった男ニシノのおかしくも切ないその人生。

柏井　壽著
祇園白川　小堀商店　レシピ買います
食通のオーナー・小堀のために、売れっ子芸妓を含む三人の調査員が、京都中からとびきりの料理を集めます。絶品グルメ小説集！

加納朋子著
カーテンコール！
閉校する私立女子大で落ちこぼれたちを救済するべく特別合宿が始まった！　不器用な女の子たちの成長に励まされる青春連作短編集。

北村　薫著
スキップ
目覚めた時、17歳の一ノ瀬真理子は、25年を飛んで、42歳の桜木真理子になっていた。人生の時間の謎に果敢に挑む、強く輝く心を描く。

京極夏彦著

今昔百鬼拾遺　天狗

天狗攫いか――巡る因果か。高尾山中に端を発する、女性たちの失踪と死の連鎖。『稀譚月報』記者・中禅寺敦子らがミステリに挑む。

黒川博行著

疫　病　神

建設コンサルタントと現役ヤクザが、産廃処理場の巨大な利権をめぐる闇の構図に挑んだ。欲望と暴力の世界を描き切る圧倒的長編！

今　野　敏著

隠　蔽　捜　査

吉川英治文学新人賞受賞

東大卒、警視長、竜崎伸也。ただのキャリアではない。彼は信じる正義のため、警察組織という迷宮に挑む。ミステリ史に輝く長篇。

近藤史恵著

サクリファイス

大藪春彦賞受賞

自転車ロードレースチームに所属する、白石誓。欧州遠征中、彼の目の前で悲劇は起きた！　青春小説×サスペンス、奇跡の二重奏。

佐藤多佳子著

明るい夜に出かけて

山本周五郎賞受賞

深夜ラジオ、コンビニバイト、人に言えないトラブル……夜の中で彷徨う若者たちの孤独と繋がりを暖かく描いた、青春小説の傑作！

桜木紫乃著

ふたりぐらし

四十歳の夫と、三十五歳の妻。将来の見えない生活を重ね、夫婦が夫婦になっていく――。夫と妻の視点を交互に綴る、連作短編集。

ミッキーマウスの憂鬱《ゆううつ》ふたたび

新潮文庫　ま－34－2

令和三年十月一日発行

著者　松《まつ》岡《おか》圭《けい》祐《すけ》

発行者　佐藤隆信

発行所　株式会社新潮社

郵便番号　一六二―八七一一
東京都新宿区矢来町七一
電話　編集部(〇三)三二六六―五四四〇
読者係(〇三)三二六六―五一一一
https://www.shinchosha.co.jp

印刷・株式会社光邦　製本・株式会社大進堂

ISBN978-4-10-135752-2 C0193